名探偵《めいたんてい》コナン
瞳の中の暗殺者

続《つづ》けに殺《ころ》された!?

第《だい》1の殺人《さつじん》を目撃《もくげき》した
コナンだが、犯人《はんにん》は逃亡《とうぼう》……。

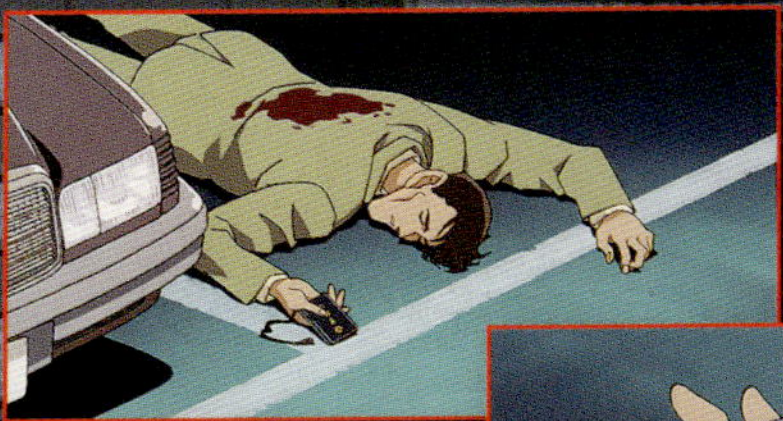

続《つづ》いて殺《ころ》された
刑事《けいじ》の手《て》には
警察手帳《けいさつてちょう》が!?

刑事《けいじ》がふたり、立《た》て

警察官《けいさつかん》が集《あつ》まる
パーティの会場《かいじょう》に
仕掛《しか》けられたのは!?

蘭《らん》の目《め》の前《まえ》で
犯人《はんにん》の銃弾《じゅうだん》に倒《たお》れる
佐藤刑事《さとうけいじ》……。

「いやああ……‼」

なくした蘭《らん》に危《き》険《けん》が!?

コナンたちだけでなく、自分《じぶん》のことも思《おも》い出《だ》せない蘭《らん》。

「坊《ぼう》や… 誰《だれ》…?」

蘭《らん》に犯人《はんにん》の魔《ま》の手《て》が迫《せま》る!!

EXCEL
「オレが蘭《らん》を守《まも》ってやる!」

ショックで記憶を

記

犯人《はんにん》のトリックに
気《き》づいたコナン……!

真実《しんじつ》を明《あき》らかにするため
向《む》かったのは……!?

の思《おも》い出《で》の地《ち》へ——

記憶《きおく》を取《と》り戻《もど》すべく、
新一《しんいち》との思《おも》い出《で》の地《ち》
「トロピカルランド」に来《き》た蘭《らん》。

新一《しんいち》との思《おも》い出《で》が
よみがえるが……。

しかし、
再《ふたた》び蘭《らん》に危険《きけん》が!!

舞《ぶ》台《たい》は蘭《らん》と新《しん》一《いち》

蘭《らん》のもとへと
急《いそ》ぐコナンだが……!?

「好《す》きだからだよ……
この地《ち》球《きゅう》上《じょう》の誰《だれ》よりも」

コナンは蘭《らん》を守《まも》りきれるのか?

CHARACTERS

江《え》戸《ど》川《がわ》コナン
(工藤《くどう》新一《しんいち》)
Conan Edogawa

毛《もう》利《り》 蘭《らん》
Ran Mōri

妃《きさき》 英《え》理《り》
Eri Kisaki

毛《もう》利《り》小《こ》五《ご》郎《ろう》
Kogorō Mōri

灰《はい》原《ばら》 哀《あい》
Ai Haibara

小《こ》嶋《じま》元《げん》太《た》
Genta Kojima

円《つぶら》谷《や》光《みつ》彦《ひこ》
Mitsuhiko Tsuburaya

吉《よし》田《だ》歩《あゆ》美《み》
Ayumi Yoshida

名探偵コナン
瞳の中の暗殺者

水稀しま／著
青山剛昌／原作　古内一成／脚本

★小学館ジュニア文庫★

オレは高校生探偵《こうこうせいたんてい》、工藤新一《くどうしんいち》。

幼《おさな》なじみで同級生《どうきゅうせい》の毛利蘭《もうりらん》と遊園地《ゆうえんち》に遊《あそ》びにいって、黒《くろ》ずくめの男《おとこ》の怪《あや》しげな取《と》り引《ひ》き現場《げんば》を目撃《もくげき》した。

取《と》り引《ひ》きを見《み》るのに夢中《むちゅう》になっていたオレは、背後《はいご》から近《ちか》づいてくるもう一人《ひとり》の仲間《なかま》に気《き》づかなかった。オレはその男《おとこ》に毒薬《どくやく》を飲《の》まされ、目《め》が覚《さ》めたら——体《からだ》が縮《ちぢ》んで子《こ》どもの姿《すがた》になっていた!!

工藤新一《くどうしんいち》が生《い》きているとヤツらにバレたら、また命《いのち》を狙《ねら》われ、周《まわ》りの人間《にんげん》にも危害《きがい》が及《およ》ぶ。阿笠博士《あがさはかせ》の助言《じょげん》で正体《しょうたい》を隠《かく》すことにしたオレは、蘭《らん》に名前《なまえ》を訊《き》かれてとっさに『江戸《えど》川《がわ》コナン』と名乗《なの》り、ヤツらの情報《じょうほう》をつかむために、父親《ちちおや》が探偵《たんてい》をやっている蘭《らん》の家《いえ》に転《ころ》がり込《こ》んだ。

オレは阿笠博士《あがさはかせ》が発明《はつめい》した『腕時計型麻酔銃《うでどけいがたますいじゅう》』で蘭《らん》の父親《ちちおや》・小五郎《こごろう》を眠《ねむ》らせ、『蝶《ちょう》ネクタイ型変声機《がたへんせいき》』を使《つか》って事件《じけん》を解《と》いている。阿笠博士《あがさはかせ》は他《ほか》にも『ターボエンジン付《つ》きスケートボード』や『犯人追跡《はんにんついせき》メガネ』『キック力増強《りょくぞうきょう》シューズ』など、次々《つぎつぎ》とユニークなメカを作《つく》り出《だ》してくれた。

ところで、蘭《らん》も小五郎《こごろう》もオレの正体《しょうたい》には気《き》づいていない。知《し》っているのは阿笠博士《あがさはかせ》と西《にし》の高校生探偵《こうこうせいたんてい》・服部平次《はっとりへいじ》、それに小《ちい》さくなった今《いま》のオレの同級生《どうきゅうせい》、灰原哀《はいばらあい》。

灰原《はいばら》は黒《くろ》ずくめの男《おとこ》たちの仲間《なかま》だったが、組織《そしき》から逃《に》げ出《だ》す際《さい》、オレが飲《の》まされたのと同《おな》じ薬《くすり》を飲《の》んで体《からだ》が縮《ちぢ》んでしまった。今《いま》は組織《そしき》の目《め》から逃《のが》れるために阿笠博士《あがさはかせ》の家《いえ》に住《す》んでいる。

黒《くろ》ずくめの組織《そしき》の正体《しょうたい》は依然《いぜん》として謎《なぞ》のままだ。

そして今《いま》、オレと蘭《らん》の間《あいだ》に厚《あつ》くて大《おお》きな壁《かべ》が立《た》ちはだかろうとしている――。

小《ちい》さくなっても頭脳《ずのう》は同《おな》じ。迷宮《めいきゅう》なしの名探偵《めいたんてい》。真実《しんじつ》はいつもひとつ！

1

東京《とうきょう》・トロピカルランド――。

蘭《らん》はオープンしたばかりの遊園地《ゆうえんち》に新一《しんいち》と一緒《いっしょ》に来《き》ていた。

五《いつ》つの島《しま》に分《わ》かれた広大《こうだい》な敷地《しきち》の中央《ちゅうおう》に建《た》てられたトロピカル城《じょう》の展望室《てんぼうしつ》からは園内《えんない》が一望《いちぼう》できて、蘭《らん》は設置《せっち》された双眼望遠鏡《そうがんぼうえんきょう》を覗《のぞ》き込《こ》んで様々《さまざま》なアトラクションを見《み》ていた。

「ねえ、見《み》て見《み》て！　恐竜《きょうりゅう》がいるよ！」

アトラクションの恐竜《きょうりゅう》がリアルに動《うご》いているのを見《み》つけた蘭《らん》は、双眼望遠鏡《そうがんぼうえんきょう》を覗《のぞ》き込《こ》みながら新一《しんいち》を手招《てまね》きした。が、新一《しんいち》が近《ちか》づいてくる気配《けはい》がない。

「あれ？」

蘭《らん》は双眼望遠鏡《そうがんぼうえんきょう》から目《め》を離《はな》して、周囲《しゅうい》を振《ふ》り返《かえ》った。さっきまで一緒《いっしょ》にいたはずなのに、新一《しんいち》の姿《すがた》がない。

「もぉ、すぐどっか行《い》っちゃうんだから！」

仕方《しかた》なくもう一度《いちど》双眼望遠鏡《そうがんぼうえんきょう》を覗《のぞ》き込《こ》む。するとふいに冷《つめ》たい物《もの》が頬《ほお》に触《ふ》れた。

「わぁっ！」

ビックリして振《ふ》り返《かえ》ると――缶《かん》コーラを二《ふた》つ持《も》った新一《しんいち》が立《た》っていた。いたずらっぽく笑《わら》って、缶《かん》コーラを差《さ》し出《だ》す。

「ほら、のど渇《かわ》いただろ？」

「ありがと……」

その笑顔《えがお》に思《おも》わずドキドキした蘭《らん》は、頬《ほお》を赤《あか》くしながら缶《かん》コーラを受《う》け取《と》った。すると、

「あ、いけね！　三分前《さんぷんまえ》だ！」

腕時計《うでどけい》を見《み》た新一《しんいち》が突然《とつぜん》、蘭《らん》の手《て》を引《ひ》っ張《ぱ》って走《はし》り出《だ》した。

「ちょ、ちょっと新一《しんいち》！」

強引《ごういん》に手《て》を引《ひ》っ張《ぱ》って駆《か》け出《だ》した新一《しんいち》はトロピカル城《じょう》を下《お》りて、人混《ひとご》みを縫《ぬ》うように進《すす》んでいく。橋《はし》を渡《わた》って隣《となり》の島《しま》へ行《い》き、様々《さまざま》なアトラクションを横切《よこぎ》り、短《みじか》い階段《かいだん》を下《お》りて

たどり着《つ》いたのは——周《まわ》りを噴水《ふんすい》に囲《かこ》まれた円形《えんけい》の広場《ひろば》だった。太陽《たいよう》の模様《もよう》が描《か》かれた石《いし》畳《だたみ》の中心《ちゅうしん》に立《た》つと、

「よぉし、間《ま》に合《あ》った！」

新一《しんいち》はホッとしたように微笑《ほほえ》んだ。

「何《なに》ここ。ただの広場《ひろば》じゃない」

「まぁ見《み》てろって」

そう言《い》って腕時計《うでどけい》を見《み》た新一《しんいち》は、カウントダウンを始《はじ》めた。

「10、9、8、7……」

蘭《らん》はわけがわからず、缶《かん》コーラを片手《かたて》に周囲《しゅうい》を見回《みまわ》す。

「3、2、1——！」

新一《しんいち》が右手《みぎて》を大《おお》きく上《あ》げると同時《どうじ》に、広場《ひろば》を囲《かこ》む噴水《ふんすい》から水《みず》が吹《ふ》き上《あ》がった。

「な、何《なに》!?」

次《つぎ》の瞬間《しゅんかん》——さらに二人《ふたり》が立《た》っている石畳《いしだたみ》からも水《みず》が吹《ふ》き上《あ》がり、カーテンのように二人《ふたり》を取《と》り囲《かこ》んだ。高《たか》く吹《ふ》き上《あ》がった水《みず》のベールが二人《ふたり》を包《つつ》み込《こ》む。

「ここ、二時間《にじかん》おきに噴水《ふんすい》が出《で》るんだ。お前《まえ》、こういうの好《す》きだろ？」

「新一《しんいち》……」

蘭《らん》は嬉《うれ》しくなった。噴水《ふんすい》はもちろんだけど、新一《しんいち》が自分《じぶん》の好《す》きなものをわかってくれていることの方《ほう》が、何倍《なんばい》も嬉《うれ》しく感《かん》じる。

「まぁ、空手《からて》の都大会《とたいかい》で優勝《ゆうしょう》したお前《まえ》へのプレゼントだ。ありがたく受《う》け取《と》りな！」

「なーによ、エラそうに」

イヒヒ……といたずらっぽく笑《わら》った新一《しんいち》は、空《そら》を見上《みあ》げた。蘭《らん》もつられて上《うえ》を見《み》ると、高《たか》く上《あ》がった水《みず》のベールの上《うえ》に虹《にじ》がかかっていた。噴水《ふんすい》のしぶきに太陽《たいよう》の光《ひかり》が屈折《くっせつ》・反射《はんしゃ》して虹《にじ》ができたのだ。

「うわぁ……虹《にじ》だわ！」

「よしっ、乾杯《かんぱい》しよーぜ！」

新一《しんいち》が持《も》っていた缶《かん》コーラを掲《かか》げた。

「うん！」

二人《ふたり》して缶《かん》のプルトップを開《あ》けると——プシュー！　とコーラが勢《いきお》いよく吹《ふ》き出《だ》して、

顔《かお》に思《おも》い切《き》りかかった。

「ちぇーっ！」

コーラまみれになった新一《しんいち》の顔《かお》を見《み》て、蘭《らん》が「おっかしー！」と笑《わら》い出《だ》す。二人《ふたり》が声《こえ》を上《あ》げて笑《わら》うと、噴水《ふんすい》の勢《いきお》いが徐々《じょじょ》に弱《よわ》まった。やがて二人《ふたり》を囲《かこ》んだ水《みず》のベールが消《き》えて、二人《ふたり》は笑《わら》いながら噴水広場《ふんすいひろば》にかかった虹《にじ》を見上《みあ》げた――。

2

シトシトと静《しず》かに雨《あめ》が降《ふ》る中《なか》、コナンは米花公園《べいかこうえん》の交差点《こうさてん》そばにある公衆電話《こうしゅうでんわ》から蘭《らん》に電話《でんわ》をかけていた。

「噴水《ふんすい》？」

突然《とつぜん》、蘭《らん》がトロピカルランドに行《い》ったときのことを話《はな》し出《だ》して、蝶《ちょう》ネクタイ型変声機《がたへんせいき》を口《くち》に当《あ》てたコナンは思《おも》わず訊《き》き返《かえ》した。

『そう。虹《にじ》がかかってすごいキレイだったよね』

「あ、ああ。そうだったな」

と慌《あわ》ててあいづちを打《う》ちながら、コナンは、まったく……と心《こころ》の中《なか》でぼやいた。

（くだらねーこと覚《おぼ》えてやがって……）

『ねぇ、また行《い》こうよ。トロピカルランド』

「ええっ⁉」

『だって、あの日《ひ》から一度《いちど》も行《い》ってないんだよ。新一《しんいち》と』

コナンは蘭《らん》の不満《ふまん》げな声《こえ》が聞《き》こえてくる受話器《じゅわき》を耳《みみ》から離《はな》してにらんだ。

（つたりめぇだ。あの日《ひ》から小《ちい》さくなっちまったんだからな、オレは）

トロピカルランドで黒《くろ》ずくめの男《おとこ》の怪《あや》しげな取《と》り引《ひ》きを見《み》てしまった新一《しんいち》は、薬《くすり》を飲《の》まされて体《からだ》が縮《ちぢ》んでしまったのだ。それ以来《いらい》〈江戸川《えどがわ》コナン〉として蘭《らん》のそばにいて、こうしてときどき〈工藤新一《くどうしんいち》〉として電話《でんわ》をかけているのだが……。

『ねぇ、いつ行《い》く？』

「あ、いやぁ……」

コナンが返事《へんじ》に困《こま》っていると、公衆電話《こうしゅうでんわ》の前《まえ》を同級生《どうきゅうせい》の吉田歩美《よしだあゆみ》、円谷光彦《つぶらやみつひこ》、小嶋元太《こじまげんた》が通《とお》っていくのが見《み》えた。

「ねぇ、コナン君《くん》いるかな」

「さぁ、どうでしょう」

「いてくんなきゃ困《こま》るぜ」

傘《かさ》を差《さ》して歩《ある》いていく三人《さんにん》の姿《すがた》を振《ふ》り返《かえ》りながら、コナンは蝶《ちょう》ネクタイ型変声機《がたへんせいき》を口《くち》に当《あ》てた。

「……悪《わる》い、蘭《らん》。オレ、まだ関《かか》わってる事件《じけん》があるから。また電話《でんわ》する。じゃあな」

「あ、ちょっと新一《しんいち》！」

小五郎《こごろう》の探偵事務所《たんていじむしょ》にいた蘭《らん》は、一方的《いっぽうてき》に電話《でんわ》を切《き》られて、もぉ！　と受話器《じゅわき》を置《お》いた。

新一《しんいち》から電話《でんわ》がかかってきたと思《おも》ったら、ろくに話《はなし》もできずに、毎回同《まいかいおな》じパターンで電《でん》話《わ》を切《き》られてしまう。

「事件《じけん》、事件《じけん》、事件《じけん》……事件《じけん》のバカヤロ――!!」

誰《だれ》もいない事務所《じむしょ》で、蘭《らん》は思《おも》い切《き》り叫《さけ》んだ。

歩行者用信号機《ほこうしゃようしんごうき》が赤《あか》になり、歩美《あゆみ》、光彦《みつひこ》、元太《げんた》は横断歩道《おうだんほどう》の前《まえ》で立《た》ち止《ど》まった。そして、コナンに出《だ》そうと三人《さんにん》で考《かん》えたクイズを復唱《ふくしょう》する。

「これならコナン君《くん》でも絶対《ぜったい》わかりませんよ！」

「アイツの参《まい》ったって顔《かお》、早《はや》く見《み》てぇな」

「コナン君《くん》の『参《まい》った』か……」

三人《さんにん》はクイズに答《こた》えられないコナンを想像《そうぞう》した。三人《さんにん》の前《まえ》でひざをついて『参《まい》りました！　降参《こうさん》です！』と頭《あたま》をペコペコ下《さ》げるコナンが思《おも》い浮《う》かび、自然《しぜん》と顔《かお》がにやけてしまう。すると、

「なぁーに笑《わら》ってんだよ、オメーら」

背後《はいご》から声《こえ》がして、振《ふ》り返《かえ》るとコナンが立《た》っていた。

「コナン君《くん》！」

「ちょうどよかった！　今《いま》、コナン君《くん》の家《いえ》に行《い》こうとしてたんです」

「三人《さんにん》で考《かん》えたとっておきのクイズがあるんだぜ！」

「クイズ？」

コナンがきょとんとすると、歩美《あゆみ》が「いーい？」といきなりクイズを出《だ》した。

「灰原《はいばら》さんに『コナン君《くん》ってどんな人《ひと》だと思《おも》う？』って訊《き》いたら、月《つき》を見《み》ながら『夏《なつ》じゃない』って答《こた》えたの」

「灰原《はいばら》さんは、一《いち》、コナン君《くん》をほめた。二《に》、コナン君《くん》をけなした。さぁ、どちらでしょう⁉」

光彦《みつひこ》に言《い》われて、コナンは「夏《なつ》じゃない……月《つき》……」と考《かんが》えた。そしてすぐに、

「わかった！　答《こた》えは二《に》だ！」

即答《そくとう》された子《こ》どもたちは、ええっ⁉　と驚《おどろ》いた。

「ど、どうしてですか⁉」

光彦《みつひこ》が前《まえ》のめりになってたずねる。

「夏《なつ》の月《つき》は、六月《ろくがつ》、七月《しちがつ》、八月《はちがつ》だ。で、ロク（六《ろく》）な（七《なな》）ヤツ（八《はち》）じゃない」

コナンが答《こた》えると、歩美《あゆみ》が「スゴーイ！」と声《こえ》を上《あ》げた。

「やっぱりコナン君《くん》ね」

「ちぇっ、面白《おもしろ》くねーな」

感心《かんしん》する歩美《あゆみ》の横《よこ》で元太《げんた》がぼやく。

「それより、今何笑《いまなにわら》ってたか教《おし》えろよ」

三人《さんにん》が笑《わら》っていたのが気《き》になったコナンがたずねると、光彦《みつひこ》は恨《うら》めしそうに言《い》った。

「じゃあ『参《まい》った』してくれますか？」

「はぁ？」

コナンは意味《いみ》がわからず、顔《かお》をしかめた。すると、いつの間《ま》にか青《あお》になっていた歩行者《ほこうしゃ》用信号機《ようしんごうき》が点滅《てんめつ》しているのに、元太《げんた》が気《き》づいた。

「あ！　渡《わた》ろうぜ」

子《こ》どもたちが走《はし》って横断歩道《おうだんほどう》を渡《わた》ろうとすると、

「こら！　渡《わた》っちゃイカン！」

後《うし》ろから歩《ある》いてきた男《おとこ》が声《こえ》をかけた。スーツを着《き》た角刈《かくが》りの男《おとこ》は、立《た》ち止《ど》まって振《ふ》り返《かえ》る子《こ》どもたちを険《けわ》しい顔《かお》で見《み》つめた。

「青《あお》の点滅《てんめつ》は黄色《きいろ》と同《おな》じなんだよ。次《つぎ》の青信号《あおしんごう》になるまで待《ま》ちなさい」

「……はぁーい」

子《こ》どもたちは返事《へんじ》をすると、前《まえ》を向《む》いた。

「……怒《おこ》られちゃいましたね」

光彦《みつひこ》が肩《かた》をすくめると、歩美《あゆみ》は「しょうがないよ」と言《い》った。

「あのオジサンの言《い》うとおりだから」

男《おとこ》は子《こ》どもたちの後《うし》ろを通《とお》り過《す》ぎると、差《さ》していた傘《かさ》を閉《と》じて、さっきまでコナンがいた公衆電話《こうしゅうでんわ》ボックスに入《はい》った。

男《おとこ》がメモを取《と》り出《だ》して受話器《じゅわき》を持《も》ち上《あ》げるのを見《み》たコナンは、

「今度《こんど》はオレからの問題《もんだい》だ」

と子《こ》どもたちにクイズを出《だ》した。

「あのオジサンの職業《しょくぎょう》は何《なん》だと思《おも》う？」

「え？」

子《こ》どもたちはコナンに促《うなが》されて公衆電話《こうしゅうでんわ》ボックスを見《み》た。男《おとこ》は耳《みみ》と肩《かた》で受話器《じゅわき》をはさみ、うなずきながら黒《くろ》い手帳《てちょう》を縦《たて》に開《ひら》いて何《なに》やら書《か》き込《こ》んでいる。

「……学校《がっこう》の先生《せんせい》かな？」

「営業《えいぎょう》マン……にしちゃあカバンがありませんね」

「うなぎ屋《や》じゃねーか？」

三人《さんにん》がそれぞれバラバラの答《こた》えを出《だ》すと、コナンはニヤリと笑《わら》った。

「答《こた》えは、刑事《けいじ》」

「け、刑事《けいじ》さん!?」

子《こ》どもたちは驚《おどろ》いて声《こえ》を上《あ》げた。

「刑事《けいじ》は何《なに》かメモするとき、警察手帳《けいさつてちょう》を縦《たて》に開《ひら》いて横書《よこが》きするんだ」

「へぇ～、そうなんだ」

コナンの言葉《ことば》を聞《き》いて、子《こ》どもたちは公衆電話《こうしゅうでんわ》ボックスにいる男《おとこ》を改《あらた》めて見《み》た。普通《ふつう》なら手帳《てちょう》は横《よこ》に開《ひら》くはずなのに、確《たし》かに男《おとこ》は黒《くろ》い手帳《てちょう》を縦《たて》に開《ひら》いてメモをしている。

「さすがコナン君《くん》！　何《なん》でもよく知《し》ってますね！」

光彦《みつひこ》が感心《かんしん》していると、信号《しんごう》が青《あお》に変《か》わった。

「お、青《あお》だ。渡《わた》ろうぜ！」

子《こ》どもたちとコナンは横断歩道《おうだんほどう》を渡《わた》った。渡《わた》り切《き》ったところで、コナンはふと公衆電話《こうしゅうでんわ》ボックスを振《ふ》り返《かえ》った。すると、レインコートを着《き》て傘《かさ》を差《さ》した人物《じんぶつ》が、公衆電話《こうしゅうでんわ》ボックス《す》の前《まえ》で立《た》ち止《ど》まった。

電話《でんわ》を終《お》えた男《おとこ》が扉《とびら》を開《あ》けて出《で》ようとしたとき、その人物《じんぶつ》はサイレンサー付《つ》きの銃《じゅう》を男《おとこ》に向《む》けた。

パシュッ。パシュッ。パシュッ。

三発《さんぱつ》の銃弾《じゅうだん》が撃《う》ち込《こ》まれて、男《おとこ》がその場《ば》に倒《たお》れた。

「オジサンが撃《う》たれた!!」

コナンが叫《さけ》ぶと同時《どうじ》に、レインコートの人物《じんぶつ》が走《はし》り出《だ》した。

「犯人《はんにん》はアイツだ！　逃《に》がすか!!」

「コナン君《くん》、危《あぶ》ない!!」

横断歩道《おうだんほどう》を引《ひ》き返《かえ》そうとしたコナンに、歩美《あゆみ》が声《こえ》をかけた。歩行者用《ほこうしゃよう》の信号《しんごう》が赤《あか》になっていて、走《はし》り出《だ》した車《くるま》がクラクションを鳴《な》らす。

「救急車《きゅうきゅうしゃ》を呼《よ》べ!!」

コナンは傘《かさ》を捨《す》てて、数十《すうじゅう》メートル先《さき》にある歩道橋《ほどうきょう》へと走《はし》った。階段《かいだん》を上《のぼ》り、駆《か》け足《あし》で反対側《はんたいがわ》の歩道《ほどう》へ向《む》かう。

しかし、階段《かいだん》を下《お》りた先《さき》に、レインコートの人物《じんぶつ》はすでにいなくなっていた。

（クソォ！　逃《に》げられたか……!!）

悔《くや》しそうに歯噛《はが》みしたコナンは、すぐに公衆電話《こうしゅうでんわ》ボックスに向《む》かった。撃《う》たれた男《おとこ》は仰《あお》向《む》けに倒《たお》れ、苦《くる》しそうに撃《う》たれた腹《はら》を押《お》さえていた。

「しっかりしてオジサン！　誰《だれ》に撃《う》たれたの!?」

ひざをついてコナンがたずねると、男《おとこ》はううう…と苦《くる》しそうに唸《うな》りながら、上着《うわぎ》の左胸《ひだりむね》辺《あた》りを右手《みぎて》で強《つよ》くつかんだ。そしてコナンを見《み》て何《なに》か言《い》いたげに口《くち》を動《うご》かすと、パタリと事切《ことき》れた。

（な……何《なん》だ!?）

信号《しんごう》が青《あお》に変《か》わり、子《こ》どもたちが横断歩道《おうだんほどう》を渡《わた》ってきた。死《し》んでいる男《おとこ》を見《み》つけて、うわっと声《こえ》を上《あ》げる。

ゆっくりと立《た》ち上《あ》がったコナンは雨《あめ》に濡《ぬ》れながら、上着《うわぎ》を血《ち》で染《そ》めた男《おとこ》を見下《みお》ろした。

死《し》ぬ直前《ちょくぜん》、男《おとこ》は何《なに》を言《い》おうとしていたのか――。

朝《あさ》から降《ふ》っていた雨《あめ》も夕方《ゆうがた》には止《や》み、厚《あつ》い雲《くも》の隙間《すきま》から日《ひ》が差《さ》してきた。

夕方《ゆうがた》のニュース番組《ばんぐみ》では、コナンたちが遭遇《そうぐう》した事件《じけん》がトップニュースとして報道《ほうどう》された。

『今日午後二時頃《きょうごごにじごろ》、米花公園交差点《べいかこうえんこうさてん》で、現職刑事《げんしょくけいじ》・奈良沢治警部補《ならさわおさむけいぶほ》（48）が射殺《しゃさつ》されました。犯人《はんにん》は逃走《とうそう》した模様《もよう》です。本庁《ほんちょう》からも応援《おうえん》が駆《か》けつけ、捜査本部《そうさほんぶ》は米花警察署《べいかけいさつしょ》に設置《せっち》されました』

米花警察署《べいかけいさつしょ》の前《まえ》には報道陣《ほうどうじん》が集《あつ》まり、建物《たてもの》の中《なか》では事件《じけん》の目撃者《もくげきしゃ》であるコナンや子《こ》どもたちが目暮十三警部《めぐれじゅうぞうけいぶ》らに事情《じじょう》を訊《き》かれていた。

「何度《なんど》もすまないが、我々《われわれ》にも聞《き》かせてもらえるかな？　犯人《はんにん》の特徴《とくちょう》を」

会議用《かいぎよう》テーブルの一番奥《いちばんおく》に座《すわ》った目暮《めぐれ》が、右側《みぎがわ》に並《なら》んで座《すわ》る子《こ》どもたちにたずねる。

「若《わか》い男《おとこ》でした」

「いや、キレイな姉《ねえ》ちゃんだったよ」

「違《ちが》うわ。中年《ちゅうねん》のオジサンよ！」

三人《さんにん》の情報《じょうほう》はてんでバラバラで、子《こ》どもたちの正面《しょうめん》に座《すわ》った高木渉巡査部長《たかぎわたるじゅんさぶちょう》は眉《まゆ》をひそめた。

「じゃあ、その人《ひと》の差《さ》していた傘《かさ》は？」

高木《たかぎ》がたずねると、

「黒《くろ》い傘《かさ》です」

「緑《みどり》だよ、緑《みどり》！」

「青《あお》だったと思《おも》うけど……」

またもや見事《みごと》にバラバラで、子《こ》どもたちの後《うし》ろに蘭《らん》と一緒《いっしょ》に立《た》っていた毛利小五郎《もうりこごろう》は
「お前《まえ》ら、本当《ほんとう》に見《み》たのかぁ？」と疑《うたが》わしそうに子《こ》どもたちを覗《のぞ》き込《こ》んだ。

「コナン君《くん》はどう？」

高木《たかぎ》の横《よこ》に座《すわ》っていた佐藤美和子警部補《さとうみわこけいぶほ》がたずねる。

「レインコートと傘《かさ》は灰色《はいいろ》っぽかったけど、男《おとこ》か女《おんな》かはわからない。でも、傘《かさ》は右手《みぎて》で持《も》ってたよ」

コナンは目撃《もくげき》した犯人《はんにん》の情報《じょうほう》を正確《せいかく》に伝《つた》えた。横断歩道《おうだんほどう》を渡《わた》ったコナンたちからは犯人《はんにん》

の後《うし》ろ姿《すがた》しか見《み》えなかったのだ。

「……ということは、銃《じゅう》は左《ひだり》で撃《う》ったのね」

「犯人《はんにん》は左利《ひだりき》きか……」

目暮《めぐれ》がつぶやくと、小五郎《こごろう》が近《ちか》づいて「ところで警部殿《けいぶどの》」と話《はな》しかけた。

「奈良沢警部補《ならさわけいぶほ》が左胸《ひだりむね》をつかんで亡《な》くなったことについては……」

「ああ。彼《かれ》は胸《むね》にしまった警察手帳《けいさつてちょう》を示《しめ》したと、我々《われわれ》は解釈《かいしゃく》した。今《いま》、手帳《てちょう》に書《か》かれたメモの内容《ないよう》を徹底的《てっていてき》に調《しら》べているところだ」

目暮《めぐれ》が説明《せつめい》している間《あいだ》に、千葉和伸刑事《ちばかずのぶけいじ》が部屋《へや》に入《はい》ってきた。そしてメモを片手《かたて》に、目暮《めぐれ》に報告《ほうこく》する。

「目暮警部《めぐれけいぶ》。現場《げんば》に落《お》ちていた薬莢《やっきょう》から、使用《しよう》された拳銃《けんじゅう》は9ミリ口径《こうけい》のオートマチックとわかりました」

「9ミリ口径《こうけい》か……」

「女《おんな》でも扱《あつか》えるありふれた銃《じゅう》ですね」

目暮《めぐれ》と小五郎《こごろう》が話《はな》しているそばで、蘭《らん》は子《こ》どもたちに話《はな》しかけた。

「でもみんな、巻《ま》き添《ぞ》えにならなくてよかったわ。コナン君《くん》も」

「うん」

コナンは笑顔《えがお》で答《こた》えると、前《まえ》を向《む》いて眉根《まゆね》を寄《よ》せた。

(クソォ。信号《しんごう》が赤《あか》にさえならなきゃ逃《に》がしはしなかったのに……!)


その夜遅《よるおそ》く。とあるマンションの地下駐車場《ちかちゅうしゃじょう》に一台《いちだい》の車《くるま》が入《はい》っていった。

マンションの住人《じゅうにん》である女性《じょせい》は地下《ちか》に下《お》りたところで一時停止《いちじていし》すると、自分《じぶん》の駐車《ちゅうしゃ》スペースへと向《む》かう。

すると、停《と》められた車《くるま》の間《あいだ》に誰《だれ》かが倒《たお》れていた。驚《おどろ》いて車《くるま》を停《と》め、車《くるま》から降《お》りて近《ちか》づく。

「ひっ……!」

女性《じょせい》は思《おも》わず短《みじか》い悲鳴《ひめい》を上《あ》げた。

うつぶせに倒《たお》れていた男《おとこ》の背中《せなか》は血《ち》で染《そ》まり、その右手《みぎて》には警察手帳《けいさつてちょう》が握《にぎ》られていた
——。

翌朝《よくあさ》。朝刊《ちょうかん》の一面記事《いちめんきじ》を見《み》た小五郎《こごろう》は、事務所《じむしょ》から目暮《めぐれ》に電話《でんわ》をかけた。

昨日《きのう》の深夜《しんや》から今日未明《きょうみめい》、城南署刑事《じょうなんしょけいじ》・芝陽一郎巡査部長《しばよういちろうじゅんさぶちょう》（31）が自宅《じたく》マンション地下《ちか》駐車場《ちゅうしゃじょう》で死亡《しぼう》しているのが発見《はっけん》されたのだ。

「警部殿《けいぶどの》。ゆうべの事件《じけん》について詳《くわ》しく伺《うかが》いたいのですが……」

『すまん。今忙《いまいそが》しいんだ。またにしてくれ』

「あ、もしもし？　警部殿《けいぶどの》!?」

電話《でんわ》を切《き》られた小五郎《こごろう》が呆然《ぼうぜん》と受話器《じゅわき》を見《み》つめると、蘭《らん》がお茶《ちゃ》を持《も》ってきた。

「どうしたの？」

「……今忙《いまいそが》しいってよ」

小五郎《こごろう》は仕方《しかた》なく受話器《じゅわき》を置《お》いた。

「そりゃそうよ。刑事《けいじ》さんが二人《ふたり》も亡《な》くなったんだもん」

確《たし》かに蘭《らん》の言《い》うとおりだった。現職刑事《げんしょくけいじ》が同日《どうじつ》に二人《ふたり》も殺《ころ》されたとなれば、捜査第一課《そうさだいいっか》はその対応《たいおう》に追《お》われて大変《たいへん》だろう。

「しっかしなぁ、なーんか感《かん》じが違《ちが》うんだよなぁ。いつもの警部殿《けいぶどの》と……」

と訝《いぶか》しむ小五郎《こごろう》に、応接《おうせつ》ソファで本《ほん》を読《よ》んでいたコナンは顔《かお》を上《あ》げた。

電話《でんわ》を切《き》った目暮《めぐれ》は、そばにいた白鳥任三郎警部《しらとりにんざぶろうけいぶ》を険《けわ》しい顔《かお》で見《み》た。

「いいかね、白鳥君《しらとりくん》。例《れい》の件《けん》はワシと君《きみ》だけの秘密《ひみつ》だ。決《けっ》して他言《たごん》せんように」

「わかりました」

白鳥《しらとり》は小《ちい》さくうなずいた。


その頃《ころ》。刑事部部長室《けいじぶぶちょうしつ》では、小田切敏郎警視長《おだぎりとしろうけいしちょう》がニュース番組《ばんぐみ》を見《み》ていた。

『現職刑事《げんしょくけいじ》が射殺《しゃさつ》された二《ふた》つの事件《じけん》で使用《しよう》された銃弾《じゅうだん》のライフルマークが一致《いっち》したことから、警察《けいさつ》では同一犯《どういつはん》の犯行《はんこう》と見《み》て捜査《そうさ》を進《すす》めています……』

番組《ばんぐみ》が天気予報《てんきよほう》に変《か》わり、小田切《おだぎり》は手《て》にした金属製《きんぞくせい》のライターに目《め》を移《うつ》した。そのライターの下部《かぶ》には〈T《ティー》.JINNO《ジンノ》〉と刻印《こくいん》されていた――。

3

米花《べいか》サンプラザホテル——。

吹《ふ》き抜《ぬ》けに豪華《ごうか》なシャンデリアが輝《かが》くメインロビーに、コナン、小五郎《こごろう》、蘭《らん》、そして蘭《らん》の親友《しんゆう》・鈴木園子《すずきそのこ》は正装姿《せいそうすがた》で訪《おとず》れた。

『晴月光太郎様《はれつきこうたろうさま》　白鳥沙羅様《しらとりさらさま》　結婚《けっこん》を祝《いわ》う会《かい》　15F　鳳凰《ほうおう》の間《ま》』

フロントの隣《となり》に掲示《けいじ》された宴会案内《えんかいあんない》を見《み》て、小五郎《こごろう》は「しかし何《なん》だな」とぼやいた。

「白鳥《しらとり》の妹《いもうと》も間《ま》が悪《わる》いっていうか、何《なに》もこんなときに結婚披露《けっこんひろう》パーティをしなくったってさ……」

「仕方《しかた》ないじゃない。一《いっ》ヶ月前《かげつまえ》に決《き》まってたんだし、事件《じけん》が起《お》きたのは彼女《かのじょ》のせいじゃないもの」

エレベーターに向《む》かいながら蘭《らん》が言《い》うと、コナンも続《つづ》いた。

「それに結婚披露《けっこんひろう》パーティじゃなくて結婚《けっこん》を祝《いわ》う会《かい》だし。主催者《しゅさいしゃ》は新郎新婦《しんろうしんぷ》の友《とも》だちだよ」

「わかぁーってるよ！」

小五郎《こごろう》はコナンにしかめ面《つら》を向《む》けると、エレベーターに乗《の》り込《こ》んだ。一面《いちめん》がガラス張《ば》りになったエレベーターからは外《そと》の景色《けしき》が見《み》えて、車《くるま》や歩行者《ほこうしゃ》がどんどん小《ちい》さくなっていく。

「ねえ、新郎《しんろう》の晴月《はれつき》さんってどんな人《ひと》？」

園子《そのこ》は蘭《らん》にたずねた。

「画家《がか》だって言《い》ってたわ」

「頭《あたま》に『売《う》れない』が付《つ》くな」

小五郎《こごろう》が付《つ》け足《た》すと、園子《そのこ》は「売《う》れない画家《がか》かぁ」と露骨《ろこつ》にガッカリした。

「こりゃ友人関係《ゆうじんかんけい》の男《おとこ》はあんまり期待《きたい》できないなぁ」

本気《ほんき》で残念《ざんねん》がっている園子《そのこ》を見《み》て、コナンはハハ……と苦笑《にがわら》いした。

鳳凰《ほうおう》の間《ま》がある十五階《じゅうごかい》に着《つ》くと、『晴月家《はれつきけ》』『白鳥家《しらとりけ》』に分《わ》かれた受付《うけつけ》があった。小五郎《こごろう》が『白鳥家《しらとりけ》』の芳名帳《ほうめいちょう》に名前《なまえ》を記帳《きちょう》していると、

「相変《あいか》わらずぶっきらぼうな字《じ》ねぇ」

と背後《はいご》から声《こえ》がした。振《ふ》り返《かえ》ると、小五郎《こごろう》の別居中《べっきょちゅう》の妻《つま》・妃英理《きさきえり》が立《た》っていた。

「お母《かあ》さん！」

「お前《まえ》も呼《よ》ばれたのか」

「ええ。沙羅《さら》さんは弁護士《べんごし》の卵《たまご》だから、その関係《かんけい》でね」

英理《えり》はそう言《い》うと、芳名帳《ほうめいちょう》に名前《なまえ》を記帳《きちょう》した。その美《うつく》しい文字《もじ》を見《み》て、園子《そのこ》が「わぁ、オバサマ達筆《たっぴつ》！」と感嘆《かんたん》する。

（……ったく。夫婦《ふうふ》で別々《べつべつ》に記帳《きちょう》するなよな）

コナンは心《こころ》の中《なか》で突《つ》っ込《こ》んだ。

「お願《ねが》いします」

会場《かいじょう》に入《はい》る前《まえ》に、蘭《らん》はクロークにバッグを預《あず》けた。そばで待《ま》っていたコナンは、ふとク

ロークの横《よこ》にあるカードロック式《しき》の傘置《かさお》き場《ば》が目《め》に入《はい》った。

透明《とうめい》のビニール傘《がさ》が一本《いっぽん》だけ中央付近《ちゅうおうふきん》に置《お》いてある。

「行《い》くよ、コナン君《くん》」

「う、うん」

蘭《らん》に声《こえ》をかけられ、コナンは会場《かいじょう》に向《む》かった。


「すごーい！　たくさん来《き》てる！」

園子《そのこ》たちが鳳凰《ほうおう》の間《ま》に入《はい》ると、すでに大勢《おおぜい》の人《ひと》が集《あつ》まっていた。立食形式《りっしょくけいしき》の会場《かいじょう》の奥《おく》にあるステージには『晴月光太郎《はれつきこうたろう》くん　白鳥沙羅《しらとりさら》さん　結婚《けっこん》を祝《いわ》う会《かい》』と書《か》かれた看板《かんばん》が掲《かか》げられ、新郎新婦《しんろうしんぷ》が座《すわ》る高砂席《たかさごせき》が設《もう》けられていた。ステージの両端《りょうたん》には大《おお》きなウェディングケーキとグランドピアノが置《お》かれている。

広《ひろ》い会場内《かいじょうない》で大勢《おおぜい》の人《ひと》がグラス片手《かたて》に歓談《かんだん》している中《なか》、小五郎《こごろう》は目暮《めぐれ》の姿《すがた》を見《み》つけた。

「お！　警部殿《けいぶどの》も来《き》てるぞ」

「警察関係者《けいさつかんけいしゃ》は一目《ひとめ》でわかるわね。目《め》つきは悪《わる》いし、重苦《おもくる》しい雰囲気《ふんいき》だわ」

会場内《かいじょうない》を見回《みまわ》した英理《えり》は嫌味《いやみ》っぽく言《い》った。

「無理《むり》もない。例《れい》の事件《じけん》の捜査《そうさ》でパーティどころじゃねーんだろ」

「でも、佐藤刑事《さとうけいじ》はいつも明《あか》るいわ」

二人《ふたり》のそばにいた蘭《らん》は、高木《たかぎ》と一緒《いっしょ》にいる佐藤《さとう》を見《み》つけた。明《あか》るい色《いろ》のワンピースにジャケットを羽織《はお》った佐藤《さとう》は、腰《こし》に両手《りょうて》を当《あ》ててポーズを取《と》っている。

「どぉ？　馬子《まご》にも衣装《いしょう》でしょう？」

「そ、そんなことないっす！　とてもお似合《にあ》いです！」

高木《たかぎ》はビシッと背筋《せすじ》を伸《の》ばし、頬《ほお》を赤《あか》く染《そ》めながら答《こた》えた。すると、

「あ、小田切《おだぎり》さんだ。ちょっと挨拶《あいさつ》してくる」

知人《ちじん》を見《み》つけた小五郎《こごろう》はネクタイを締《し》め直《なお》し、そそくさと歩《ある》いていった。

「誰《だれ》？」

小五郎《こごろう》が挨拶《あいさつ》をしている男《おとこ》を見《み》て、蘭《らん》は英理《えり》にたずねた。

「小田切警視長《おだぎりけいしちょう》。あのヘボ探偵《たんてい》が現役《げんえき》の頃《ころ》は刑事課長《けいじかちょう》で、今《いま》は確《たし》か刑事部長《けいじぶちょう》よ」

そのとき、会場《かいじょう》の照明《しょうめい》が落《お》ちて、司会台《しかいだい》にスポットライトが当《あ》たった。

「皆様《みなさま》、お待《ま》たせいたしました。新郎新婦《しんろうしんぷ》のご入場《にゅうじょう》です。どうぞ盛大《せいだい》な拍手《はくしゅ》でお迎《むか》えください！」

司会者《しかいしゃ》が舞台袖《ぶたいそで》の扉《とびら》を手《て》で示《しめ》すと、スポットライトを浴《あ》びた晴月光太郎《はれつきこうたろう》と白鳥沙羅《しらとりさら》が腕《うで》を組《く》んで入《はい》ってきた。会場《かいじょう》からは盛大《せいだい》な拍手喝采《はくしゅかっさい》が鳴《な》り響《ひび》く。

「わぁ〜素敵《すてき》！」

沙羅《さら》のドレス姿《すがた》に、園子《そのこ》は手《て》を叩《たた》きながら声《こえ》を上《あ》げた。そばにいたコナンはふと会場《かいじょう》を見回《みまわ》した。すると、誰《だれ》もが笑顔《えがお》と拍手《はくしゅ》で新郎新婦《しんろうしんぷ》を迎《むか》える中《なか》、一人《ひとり》だけズボンのポケットに両手《りょうて》を突《つ》っ込《こ》んでムスッとした男《おとこ》がいた。シャツにジーンズといかにも普段着《ふだんぎ》といった格好《かっこう》をしたその男《おとこ》は、すぐに会場《かいじょう》を出《で》て行《い》った。

新郎新婦《しんろうしんぷ》の紹介《しょうかい》、スピーチ、乾杯《かんぱい》などが終《お》わり、会場《かいじょう》は歓談《かんだん》の時間《じかん》となった。高砂席《たかさごせき》には次々《つぎつぎ》と友人《ゆうじん》が駆《か》けつけ、「光太郎《こうたろう》、沙羅《さら》さん、おめでとう！」と祝杯《しゅくはい》をあげる。

小五郎《こごろう》もビールを飲《の》んでいると、背後《はいご》から「毛利《もうり》さん」と声《こえ》をかけられた。新婦《しんぷ》の兄《あに》である白鳥警部《しらとりけいぶ》だ。

「よぉ、おめでとう！」

「ありがとうございます」

白鳥《しらとり》は軽《かる》く会釈《えしゃく》すると、隣《となり》にいた男《おとこ》を手《て》で示《しめ》した。

「あの、ご紹介《しょうかい》します。私《わたし》の主治医《しゅじい》で米花薬師野病院《べいかやくしのびょういん》・心療科《しんりょうか》の風戸先生《かざとせんせい》です」

「風戸《かざと》です。よろしく」

ピンクのシャツに赤《あか》いネクタイを着《き》こなした風戸京介《かざときょうすけ》（36）は、左目下《ひだりめした》のホクロが印象《いんしょう》的《てき》な男《おとこ》だった。

「毛利《もうり》です」

風戸《かざと》と握手《あくしゅ》をした小五郎《こごろう》は、後《うし》ろに立《た》つ家族《かぞく》を紹介《しょうかい》した。

「妻《つま》の英理《えり》に、娘《むすめ》の蘭《らん》。そして、居候《いそうろう》のコナンです」

コナンは思《おも》わずムッと顔《かお》をしかめた。

(居候《いそうろう》はやめろっての)

「でも白鳥《しらとり》さん、心療科《しんりょうか》って……？」

英理《えり》に訊《き》かれた白鳥《しらとり》は「あ、いや」と苦笑《にがわら》いした。

「管理職《かんりしょく》ってのはいろいろ悩《なや》みが多《おお》いものでして……それでですね」

と、小五郎《こごろう》に近寄《ちかよ》ってささやく。

「毛利《もうり》さんも一度《いちど》診《み》てもらった方《ほう》がいいかと思《おも》いまして」

「そうだな。俺《おれ》も近頃《ちかごろ》記憶《きおく》が……」

と言《い》いかけて、小五郎《こごろう》はハッとした。

「こらぁ！　どういう意味《いみ》じゃー！」

英理《えり》や蘭《らん》がクスクスと笑《わら》い、コナンもアハハハ……と声《こえ》を出《だ》して笑《わら》った。すると、小五《こご》郎《ろう》のゲンコツが頭《あたま》に飛《と》んできた。

「お前《まえ》は笑《わら》いすぎなんだよ！」

「いってぇ～～～!!」

コナンが頭《あたま》を抱《かか》えていると、その後《うし》ろを目暮《めぐれ》と高木《たかぎ》が通《とお》り過《す》ぎた。

「あ、ちょっと失礼《しつれい》！」

小五郎《こごろう》はその場《ば》を離《はな》れ、「警部殿《けいぶどの》！」と声《こえ》をかけた。

「ああ、毛利君《もうりくん》か」

「その、捜査《そうさ》の方《ほう》は……」

小五郎《こごろう》が近《ちか》づいて小声《こごえ》で言《い》うと、目暮《めぐれ》は遮《さえぎ》るように手《て》を上《あ》げた。

「ああ、すまんがその話《はなし》はなしだ」

「え……」

小五郎《こごろう》は、会場《かいじょう》を去《さ》っていく目暮《めぐれ》を呆然《ぼうぜん》と見《み》つめた。

「なんで話《はな》してくれないんだ……」

この前《まえ》の電話《でんわ》といい、目暮《めぐれ》は明《あき》らかに小五郎《こごろう》を避《さ》けている。

「きっとオジサンに言《い》えないことがあるんだよ」

様子《ようす》を見《み》ていたコナンが言《い》うと、小五郎《こごろう》はそばにいた高木《たかぎ》の胸《むな》ぐらをつかんだ。

「おい！　そうなのか⁉　高木《たかぎ》‼」

「えっ！　いや、別《べつ》にぃ……」

苦《くる》しそうに答《こた》える高木《たかぎ》を、コナンはチロリと見《み》た。

「ねぇ。高木《たかぎ》さんって佐藤刑事《さとうけいじ》のことが好《す》きなんだよねぇ？」

「へっ⁉」

高木《たかぎ》は顔《かお》を真《ま》っ赤《か》にしてうろたえた。小五郎《こごろう》がハハーンと笑《え》みを浮《う》かべる。

「そりゃ面白《おもしれ》え。彼女《かのじょ》にオメーの気持《きも》ちを伝《つた》えてやっか！」

「あ、いや、ちょっと！　待《ま》ってください!!」

突《つ》き放《はな》された高木《たかぎ》は、慌《あわ》てて小五郎《こごろう》の肩《かた》をつかんだ。そして周囲《しゅうい》をキョロキョロと見回《みまわ》して、小五郎《こごろう》の耳《みみ》に顔《かお》を近《ちか》づける。

「わかりましたよ。マスコミには伏《ふ》せているんですが……実《じっ》は、芝刑事《しばけいじ》も警察手帳《けいさつてちょう》を握《にぎ》って亡《な》くなっていたんです」

「何《なに》!?」

(え!?)

そばで聞《き》いていたコナンは耳《みみ》を疑《うたが》った。一人目《ひとりめ》の被害者《ひがいしゃ》、奈良沢警部補《ならさわけいぶほ》は胸《むね》にしまった警察手帳《けいさつてちょう》を示《しめ》すように左胸《ひだりむね》をつかんで亡《な》くなった。それに続《つづ》いて、二人目《ふたりめ》の被害者《ひがいしゃ》も警察《けいさつ》手帳《てちょう》を握《にぎ》って亡《な》くなっていたとは——。

「ってことは……」

小五郎《こごろう》がさらに詳《くわ》しく訊《き》こうとすると、

「それ以上《いじょう》の詮索《せんさく》は無用《むよう》です。毛利《もうり》さん」

いつの間《ま》にか白鳥《しらとり》が背後《はいご》に立《た》っていた。

「『Need《ニード》 not《ノット》 to《トゥ》 know《ノウ》』　そう言《い》えばおわかりでしょう」

白鳥《しらとり》の言葉《ことば》に、小五郎《こごろう》はハッと息《いき》をのんだ。白鳥《しらとり》の後《あと》をそそくさと付《つ》いていく高木《たかぎ》の後《うし》ろ姿《すがた》を、小五郎《こごろう》は呆然《ぼうぜん》と見《み》つめた。

「『Need《ニード》 not《ノット》 to《トゥ》 know《ノウ》』……知《し》る必要《ひつよう》のない事《こと》だと……？　バカな……！」

ギュッと目《め》を閉《と》じて首《くび》を振《ふ》る小五郎《こごろう》の横《よこ》で、コナンも険《けわ》しい顔《かお》になった。

『Need《ニード》 not《ノット》 to《トゥ》 know《ノウ》』は、刑事《けいじ》たちの間《あいだ》で使《つか》われている隠語《いんご》だ。

(この事件《じけん》の犯人《はんにん》は……警察関係者《けいさつかんけいしゃ》の中《なか》にいるってことか……！)

それもただの関係者《かんけいしゃ》じゃなく、警察《けいさつ》の上層部《じょうそうぶ》あるいは警察組織全体《けいさつそしきぜんたい》が関与《かんよ》しているかもしれないってことなのだ——。

会《かい》が進《すす》み、新郎新婦《しんろうしんぷ》は高砂席《たかさごせき》を離《はな》れ、ゲストの間《あいだ》を回《まわ》った。丸《まる》テーブルのそばにいた蘭《らん》、園子《そのこ》、英理《えり》のところにもやってきて、園子《そのこ》は二人《ふたり》のなれそめを訊《き》いた。

「じゃあ、プロポーズの言葉《ことば》はなかったんですか？」

「ええ。彼《かれ》、そういうの苦手《にがて》だから……」

沙羅《さら》が答《こた》えると、光太郎《こうたろう》は恥《は》ずかしそうに頭《あたま》をかいた。英理《えり》が小《ち》さくうなずく。

「男《おとこ》はそのくらいの方《ほう》がいいわよ。歯《は》の浮《う》くようなセリフを言《い》うヤツに、ロクなヤツはいないから」

蘭《らん》たちからやや離《はな》れたところにいたコナンは、ハックシュ！　と思《おも》い切《き》りくしゃみをした。誰《だれ》か噂《うわさ》でもしているのか？　と蘭《らん》たちの方《ほう》を振《ふ》り返《かえ》る。

「ねえ、前《まえ》から訊《き》こうと思《おも》ってたんだけど、お父《とう》さんは何《なん》て言《い》ってお母《かあ》さんにプロポーズしたの？」

蘭《らん》がたずねると、英理《えり》はそっぽを向《む》いた。

「だから、歯《は》の浮《う》くようなくだらないセリフよ」

「先生《せんせい》、教《おし》えてください！」

と沙羅《さら》にも言《い》われて、英理《えり》は「でも何《なに》か忘《わす》れちゃったから……」と苦笑《にがわら》いした。

「またまたぁ、とぼけちゃって」

「今後《こんご》の参考《さんこう》のためにぜひ！」

「もぉ、じらさないでよ、お母《かあ》さん！」

園子《そのこ》、沙羅《さら》、蘭《らん》に詰《つ》め寄《よ》られた英理《えり》は頬《ほお》を赤《あか》く染《そ》めて、うーんと…とあごに人差《ひとさ》し指《ゆび》を当《あ》てた。

「『お前《まえ》のことが好《す》きなんだよ。この地球上《ちきゅうじょう》の誰《だれ》よりも』……だったかなぁ？」

恥《は》ずかしそうに英理《えり》が答《こた》えると、蘭《らん》と沙羅《さら》は、わぁ…とうっとりした表情《ひょうじょう》を浮《う》かべた。

「うそぉ……」

その横《よこ》で園子《そのこ》は顔《かお》を引《ひ》きつらせながら、小五郎《こごろう》を振《ふ》り返《かえ》った。すると、ビャックシン!!と小五郎《こごろう》が豪快《ごうかい》なくしゃみをする。さらに「んあ？」とこっちを見《み》たので、園子《そのこ》は慌《あわ》てて目《め》をそらした。

「素敵《すてき》じゃない……！」

初《はじ》めて父《ちち》のプロポーズの言葉《ことば》を聞《き》いた蘭《らん》は、うっとりした顔《かお》で両手《りょうて》を組《く》んだ。自分《じぶん》もそんな素敵《すてき》なプロポーズを受《う》けてみたい……と思《おも》った蘭《らん》の頭《あたま》に、新一《しんいち》の姿《すがた》が思《おも》い浮《う》かぶ。

「ああ、もし新一《しんいち》にそんなことを言《い》われたら……♡　なーんて顔《かお》してんじゃないわよ！」

園子《そのこ》にひじで小突《こづ》かれた蘭《らん》は、ハッと我《われ》に返《かえ》った。

「べ、別《べつ》にしてないわよ、そんな顔《かお》！」

もぉ、と頬《ほお》を赤《あか》らめていると、コナンが歩《あゆ》み寄《よ》ってきた。

「どうしたの、蘭姉《らんねえ》ちゃん。顔赤《かおあか》いよ？」

「ううん、何《なん》でもないの！」

と慌《あわ》てて両手《りょうて》を振《ふ》ってごまかす。すると、

「敏也《としや》！　何《なん》でお前《まえ》がここにいる⁉」

近《ちか》くのテーブルから小田切《おだぎり》の荒々《あらあら》しい声《こえ》が聞《き》こえてきた。周囲《しゅうい》のゲストが驚《おどろ》いて振《ふ》り返《かえ》ると、小田切《おだぎり》のそばに若《わか》い男《おとこ》が立《た》っていた。紫色《むらさきいろ》に染《そ》めた髪《かみ》を逆立《さかだ》て、サングラスに赤《あか》いピアス、そして赤《あか》い派手《はで》なジャケットを着《き》た男《おとこ》は、小田切《おだぎり》を無視《むし》して、くわえたタバコに火《ひ》を点《つ》けた。

「ここはお前《まえ》のようなヤツが来《く》るところじゃない！　このパーティにも招待《しょうたい》されていないはずだ！」

「うっせーな！　仕事《しごと》でたまたまこのホテルに来《き》ただけだよ!!」

誰《だれ》だろう——険悪《けんあく》な二人《ふたり》を見《み》ている蘭《らん》たちのそばに、小五郎《こごろう》がそっと近《ちか》づいてきた。

「ご子息《しそく》の敏也《としや》さんだ。確《たし》かロックバンドをやっているって聞《き》いたが……」

周囲《しゅうい》のゲストが遠巻《とおま》きに二人《ふたり》を見《み》ていると、白鳥《しらとり》が慌《あわ》ててやってきて小田切《おだぎり》をなだめた。

「まぁいいじゃないですか、警視長《けいしちょう》。敏也君《としやくん》、ゆっくりして——」

「出《で》ていけ！　野良犬《のらいぬ》が餌《えさ》を漁《あさ》るような真似《まね》はやめてな！」

「何《なん》だと!?」

小田切《おだぎり》の言葉《ことば》に、敏也《としや》が食《く》ってかかろうとすると、

「敏也《としや》さん！」

佐藤《さとう》が背後《はいご》から敏也《としや》の肩《かた》に手《て》を置《お》いた。そして首《くび》を横《よこ》に振《ふ》る。敏也《としや》はフン！　とその手《て》を振《ふ》り払《はら》うと、たばこを灰皿《はいざら》に押《お》し付《つ》け、テーブルに立《た》てかけてあったギターケースを手《て》に取《と》った。

「邪魔《じゃま》したな！」

「あ、敏也君《としやくん》！」

白鳥《しらとり》が声《こえ》をかけたが、敏也《としや》はそのまま会場《かいじょう》を出《で》ていった。扉《とびら》のそばに立《た》っていた女性《じょせい》はすれ違《ちが》う敏也《としや》を目《め》で追《お》うと、会場《かいじょう》を振《ふ》り返《かえ》った。そして険《けわ》しい目《め》つきで、佐藤《さとう》、白鳥《しらとり》、小《お》田切《だぎり》を見《み》る。

胸《むね》の辺《あた》りまで伸《の》びた外《そと》ハネのストレートヘアに切《き》れ長《なが》の瞳《ひとみ》が印象的《いんしょうてき》な美人《びじん》に、小五郎《こごろう》はあれ？　と首《くび》をかしげた。

「彼女《かのじょ》、どっかで見《み》た顔《かお》だなぁ……」

と考《かんが》え込《こ》んでいるうちに女性《じょせい》は会場《かいじょう》の外《そと》に出《で》ていってしまい、コナンはその後《うし》ろ姿《すがた》を目《め》で追《お》った。

敏也《としや》が出《で》て行《い》ってしばらくすると、目暮《めぐれ》が深刻《しんこく》そうな顔《かお》をして佐藤《さとう》に声《こえ》をかけた。その声《こえ》に、小五郎《こごろう》とコナンが振《ふ》り返《かえ》る。

「佐藤君《さとうくん》、あのことだが……」

「私《わたし》は結構《けっこう》です」

「しかし……」

「ご心配《しんぱい》なく」

佐藤《さとう》はそう言《い》って微笑《ほほえ》むと、会場《かいじょう》から出《で》ていき、クロークに向《む》かった。ポケットから番《ばん》号札《ごうふだ》を取《と》り出《だ》して、女性《じょせい》スタッフに渡《わた》す。

「38番《ばん》、お願《ねが》いします」

バッグを受《う》け取《と》る佐藤《さとう》を、ロビーから見《み》つめる黒《くろ》い人物《じんぶつ》がいた。化粧室《けしょうしつ》へ向《む》かう佐藤《さとう》の後《あと》をさりげなく追《お》うと、手前《てまえ》で足《あし》を止《と》め、ニヤリと笑《わら》った。


化粧室《けしょうしつ》に入《はい》った佐藤《さとう》は、鏡《かがみ》の前《まえ》に座《すわ》ってファンデーションを塗《ぬ》り直《なお》した。鏡《かがみ》で肌《はだ》をチェックして、コンパクトケースをバッグにしまって立《た》ち上《あ》がると、個室《こしつ》から蘭《らん》が出《で》てきた。

「あら、蘭《らん》ちゃん」

「佐藤刑事《さとうけいじ》」

蘭《らん》はバッグから取《と》り出《だ》したハンカチをくわえて、手《て》を洗《あら》った。

「警察官《けいさつかん》ばっかりで、おかしなパーティでしょ？」

「いえ。それより、佐藤刑事《さとうけいじ》も気《き》をつけてくださいね」

「え？」

「だって、刑事《けいじ》さんが次々《つぎつぎ》と撃《う》たれてるから……」

心配《しんぱい》する蘭《らん》に、佐藤《さとう》は親指《おやゆび》を立《た》ててウインクをした。

「大丈夫《だいじょうぶ》よ。私《わたし》タフだから！」

化粧室《けしょうしつ》の外《そと》に立《た》っていた黒《くろ》い人物《じんぶつ》は、携帯電話《けいたいでんわ》を取《と》り出《だ》した。番号《ばんごう》を押《お》して、さらに通《つう》話《わ》ボタンを押《お》す。

すると、電気制御室《でんきせいぎょしつ》の配電盤《はいでんばん》に爆弾《ばくだん》と共《とも》に仕《し》掛《か》けられていた携帯電話《けいたいでんわ》が鳴《な》った。次《つぎ》の瞬《しゅん》間《かん》——爆弾《ばくだん》から閃光《せんこう》が放《はな》たれ、配電盤《はいでんばん》が吹《ふ》っ飛《と》んだ。

鳳凰《ほうおう》の間《ま》がある15階《かい》の照明《しょうめい》が一斉《いっせい》に消《き》えた。会場《かいじょう》、ロビー、廊下《ろうか》、そして蘭《らん》と佐藤《さとう》がいる化粧室《けしょうしつ》も真《ま》っ暗《くら》になった。

「どうしたのかしら……」

「おかしいわね。様子《ようす》見《み》てくるから、動《うご》かないで」

佐藤《さとう》は蘭《らん》の肩《かた》に手《て》を置《お》くと、暗闇《くらやみ》の中《なか》を手探《てさぐ》りで進《すす》み、出口《でぐち》へ向《む》かった。残《のこ》された蘭《らん》は洗面台《せんめんだい》の方《ほう》に手《て》を伸《の》ばした。すると、洗面台《せんめんだい》の下《した》からかすかに光《ひかり》が漏《も》れていて、扉《とびら》を開《ひら》くとバケツの上《うえ》に点灯《てんとう》した懐中電灯《かいちゅうでんとう》があった。

「佐藤刑事《さとうけいじ》！　こんなところに懐中電灯《かいちゅうでんとう》が！」

佐藤《さとう》が「え？」と振《ふ》り返《かえ》る。

「ほら」

蘭《らん》が懐中電灯《かいちゅうでんとう》を持《も》って佐藤《さとう》の方《ほう》に向《む》けたとき——出口《でぐち》の方《ほう》でカチリと音《おと》がした。音《おと》に気《き》づいた佐藤《さとう》が振《ふ》り返《かえ》る。

すると懐中電灯《かいちゅうでんとう》の光《ひかり》に照《て》らされて、サイレンサー付《つ》きの拳銃《けんじゅう》を持《も》った手《て》が浮《う》かび上《あ》がった。

「ダメッ！　蘭《らん》さん!!」

佐藤《さとう》が蘭《らん》に向《む》かったと同時《どうじ》に、黒《くろ》い人物《じんぶつ》は拳銃《けんじゅう》を撃《う》った。

パシュッ。

銃弾《じゅうだん》が佐藤《さとう》の肩《かた》を貫《つらぬ》き、血《ち》が飛《と》び散《ち》る。

「佐藤刑事《さとうけいじ》!!」

黒《くろ》い人物《じんぶつ》は連続《れんぞく》で銃弾《じゅうだん》を放《はな》った。撃《う》たれた佐藤《さとう》が被弾《ひだん》の衝撃《しょうげき》で踊《おど》るように身《み》をくねらせる。銃弾《じゅうだん》の一《ひと》つが洗面台《せんめんだい》の蛇口《じゃぐち》に直撃《ちょくげき》して、吹《ふ》き出《だ》した水《みず》が蘭《らん》に襲《おそ》いかかった。持《も》っていた懐中電灯《かいちゅうでんとう》が回転《かいてん》しながら落下《らっか》し、その光《ひかり》に照《て》らされて黒《くろ》い人物《じんぶつ》の顔《かお》が一瞬《いっしゅん》浮《う》かび上《あ》がる。

回転《かいてん》した懐中電灯《かいちゅうでんとう》が蘭《らん》を照《て》らした瞬間《しゅんかん》、黒《くろ》い人物《じんぶつ》は拳銃《けんじゅう》を撃《う》った。が、銃弾《じゅうだん》は外《はず》れて蘭《らん》の顔《かお》のすぐそばの壁《かべ》に突《つ》き刺《さ》さり、蘭《らん》は倒《たお》れてきた佐藤《さとう》と一緒《いっしょ》に床《ゆか》に倒《たお》れ込《こ》んだ。

懐中電灯《かいちゅうでんとう》が床《ゆか》に落《お》ちると、黒《くろ》い人物《じんぶつ》は拳銃《けんじゅう》を放《ほう》り投《な》げて化粧室《けしょうしつ》から出《で》て行《い》った。

すぐに非常用照明《ひじょうようしょうめい》が点灯《てんとう》して、化粧室《けしょうしつ》も薄暗《うすぐら》い明《あ》かりに照《て》らされた。

「佐藤刑事《さとうけいじ》……?」

床《ゆか》に倒《たお》れ込《こ》んだ蘭《らん》は体《からだ》を起《お》こし、ひざの上《うえ》にうつ伏《ぶ》せで覆《おお》いかぶさった佐藤《さとう》の肩《かた》を揺《ゆ》すった。

「佐藤刑事《さとうけいじ》! しっかりして……!!」

佐藤《さとう》は両肩《りょうかた》を撃《う》たれていた。水浸《みずびた》しになった床《ゆか》に佐藤《さとう》の血《ち》がみるみる広《ひろ》がっていくのが見《み》えて、蘭《らん》はハッと佐藤《さとう》の肩《かた》に置《お》いた手《て》を上《あ》げた。血《ち》まみれになった両手《りょうて》がガクガクと震《ふる》える。

佐藤刑事《さとうけいじ》が撃《う》たれた——。

「……わたしが……わたしが、懐中電灯《かいちゅうでんとう》を……」

懐中電灯《かいちゅうでんとう》を向《む》けたから、佐藤刑事《さとうけいじ》は撃《う》たれてしまったのだ。わたしが懐中電灯《かいちゅうでんとう》を見《み》つけて、佐藤刑事《さとうけいじ》に向《む》けてしまったから——。

「いやぁぁぁぁ……!!」

蘭《らん》は血《ち》まみれの両手《りょうて》を頬《ほお》に押《お》し当《あ》てながら絶叫《ぜっきょう》した。

4

「蘭《らん》!!」

「佐藤《さとう》さん!!」

蘭《らん》の悲鳴《ひめい》を聞《き》きつけたコナン、小五郎《こごろう》、高木《たかぎ》が化粧室《けしょうしつ》に入《はい》ると、水浸《みずびた》しになった床《ゆか》で蘭《らん》と佐藤《さとう》が重《かさ》なるように倒《たお》れていた。

「おい、蘭《らん》！　大丈夫《だいじょうぶ》か!?」

小五郎《こごろう》は蘭《らん》の両肩《りょうかた》をつかんで体《からだ》を起《お》こした。頬《ほお》に血《ち》がついているが、外傷《がいしょう》はない。

「蘭姉《らんねえ》ちゃんは気《き》を失《うしな》ってるだけだよ。重傷《じゅうしょう》なのは――」

コナンは佐藤《さとう》を見《み》た。

「佐藤《さとう》さん！　佐藤《さとう》さん、しっかりしてください!!」

高木《たかぎ》に抱《だ》きかかえられた佐藤《さとう》の両肩《りょうかた》からは大量《たいりょう》に出血《しゅっけつ》していた。高木《たかぎ》が懸命《けんめい》に声《こえ》をかけていると、目暮《めぐれ》、小田切《おだぎり》、白鳥《しらとり》が駆《か》けつけた。

「これは……!!」

「目暮《めぐれ》、救急車《きゅうきゅうしゃ》だ！　白鳥《しらとり》、ホテルの全《すべ》ての出入《でい》り口《ぐち》を封鎖《ふうさ》しろ!!」

小田切《おだぎり》の指示《しじ》で白鳥《しらとり》はすぐに化粧室《けしょうしつ》を出《で》ていき、目暮《めぐれ》は携帯電話《けいたいでんわ》で救急車《きゅうきゅうしゃ》を呼《よ》ぶ。

立《た》ち上《あ》がったコナンは、化粧台《けしょうだい》の下《した》の扉《とびら》が開《ひら》きっぱなしになっているのに気《き》づいた。中《なか》には逆《さか》さになったバケツや備品《びひん》が置《お》いてある。そして、個室《こしつ》の前《まえ》にはサイレンサー付《つ》きの拳銃《けんじゅう》が転《ころ》がっていた。

(弾《たま》は空《から》か。９ミリ口径《こうけい》のオートマチック……)

現職刑事《げんしょくけいじ》が射殺《しゃさつ》された二《ふた》つの事件《じけん》に使《つか》われた拳銃《けんじゅう》と同《おな》じ物《もの》だった。同《おな》じ犯人《はんにん》が撃《う》ったのだ。しかし、コナンには疑問《ぎもん》が残《のこ》った。停電《ていでん》で真《ま》っ暗《くら》な中《なか》、犯人《はんにん》はどうやって佐藤《さとう》を狙《ねら》って撃《う》ったのか──。

コナンが周囲《しゅうい》を見回《みまわ》すと、隅《すみ》に点灯《てんとう》したままの懐中電灯《かいちゅうでんとう》が転《ころ》がっていた。

(なぜ懐中電灯《かいちゅうでんとう》が……)

すぐに救急車《きゅうきゅうしゃ》が駆《か》けつけて、佐藤《さとう》と蘭《らん》は目暮《めぐれ》に付《つ》き添《そ》われて病院《びょういん》に運《はこ》ばれていった。そしてホテルの出入《でい》り口《ぐち》の全《すべ》ては封鎖《ふうさ》され、ホテルにいた客《きゃく》や従業員《じゅうぎょういん》は一人残《ひとりのこ》らず留《とど》まることになった。

「子《こ》どもを除《のぞ》く全員《ぜんいん》の硝煙反応《しょうえんはんのう》を調《しら》べろ！　例外《れいがい》はない！　私《わたし》を含《ふく》む警官《けいかん》も一人残《ひとりのこ》らずだ!!」

15階《かい》の宴会場《えんかいじょう》にいた人《ひと》たちはロビーに集《あつ》められ、小田切《おだぎり》が刑事《けいじ》たちに指示《しじ》した。

「もちろんここにいるバカ者《もの》もだ!!」

と指《ゆび》を指《さ》された敏也《としや》は、サングラスを下《さ》げて不敵《ふてき》な笑《え》みを浮《う》かべた。

（あの人《ひと》、まだいたのか……）

コナンは意外《いがい》に思《おも》った。小田切《おだぎり》に罵倒《ばとう》されて、てっきりすぐに帰《かえ》ったと思《おも》っていたのだ。

（だけど……）

それより気《き》になったのは、あの二人《ふたり》の姿《すがた》が見当《みあ》たらないことだった。

新郎新婦《しんろうしんぷ》を不服《ふふく》そうに見《み》ていた普段着《ふだんぎ》の男性《だんせい》と、敏也《としや》が会場《かいじょう》を出《で》ていくときに扉《とびら》のそばに立《た》っていた女性《じょせい》。その二人《ふたり》がどこにもいないのだ。

ホテルが封鎖《ふうさ》される前《まえ》に帰《かえ》ってしまったのだろうか……？

コナンが白鳥《しらとり》や小五郎《こごろう》たちと米花薬師野病院《べいかやくしのびょういん》に駆《か》けつけると、佐藤《さとう》は緊急手術《きんきゅうしゅじゅつ》を受《う》けていた。手術室《しゅじゅつしつ》の前《まえ》では、うつむいた目暮《めぐれ》がうろうろと歩《ある》き回《まわ》っている。

「目暮警部《めぐれけいぶ》。佐藤《さとう》さんの容態《ようだい》は？」

白鳥《しらとり》がたずねると、目暮《めぐれ》は険《けわ》しい顔《かお》を上《あ》げた。

「弾《たま》の一《ひと》つが心臓近《しんぞうちか》くで止《と》まっている。助《たす》かるかどうかは五分五分《ごぶごぶ》だそうだ」

「えっ……」

白鳥《しらとり》と高木《たかぎ》は短《みじか》い声《こえ》を上《あ》げた。二人《ふたり》の背後《はいご》で英理《えり》がたずねる。

「警部《けいぶ》さん。蘭《らん》は……？」

「幸《さいわ》い外傷《がいしょう》はありませんが、まだ意識《いしき》は戻《もど》りません。病室《びょうしつ》はこの奥《おく》です」

目暮《めぐれ》が指差《ゆびさ》すと、英理《えり》は園子《そのこ》と病室《びょうしつ》へ向《む》かったが、コナンは小五郎《こごろう》たちと留《とど》まった。

（蘭《らん》はたぶん大丈夫《だいじょうぶ》だ。ただ、あの懐中電灯《かいちゅうでんとう》が気《き》になる……）

化粧室《けしょうしつ》に駆《か》けつけたとき、点《つ》けっぱなしの懐中電灯《かいちゅうでんとう》が床《ゆか》に落《お》ちていた。

もしかして――コナンが何《なに》かに気《き》づいたとき、目暮《めぐれ》が「白鳥君《しらとりくん》」と声《こえ》をかけた。

「捜査《そうさ》の方《ほう》は？」

「全員《ぜんいん》の硝煙反応《しょうえんはんのう》を調《しら》べましたが……出《で》ませんでした」

「出《で》ない!?」

「犯人《はんにん》は出入《でい》り口《ぐち》を封鎖《ふうさ》する前《まえ》に、逃走《とうそう》したものと思《おも》われます」

「拳銃《けんじゅう》から指紋《しもん》は？」

目暮《めぐれ》がたずねると、高木《たかぎ》は残念《ざんねん》そうに肩《かた》をすくめた。

「それも出《で》ませんでした……」

そこに千葉《ちば》がやってきて、白鳥《しらとり》が振《ふ》り返《かえ》った。

「千葉君《ちばくん》。配電盤《はいでんばん》の仕掛《しか》けは特定《とくてい》できたかね？」

「はい。どうやら携帯電話《けいたいでんわ》の呼《よ》び出《だ》しで爆発《ばくはつ》する仕掛《しか》けになっていたようです」

目暮《めぐれ》が、うむ…と考《かんが》え込《こ》むと、高木《たかぎ》は「一《ひと》つ気《き》になることがあるんですが……」と口《くち》を開《ひら》いた。

「トイレに落《お》ちていた懐中電灯《かいちゅうでんとう》は、最初《さいしょ》から佐藤《さとう》さんが持《も》っていたんでしょうか？」

「違《ちが》うと思《おも》うよ」

コナンが答《こた》えた。

「化粧台《けしょうだい》の下《した》の物入《ものい》れが開《あ》いていたでしょ？　たぶんそこに置《お》いてあったんだよ。点《つ》けっぱなしにして」

コナンの推理《すいり》に、小五郎《こごろう》たちは目《め》を見張《みは》った。

「何《なに》!?　じゃあ犯人《はんにん》が……！」

「なるほど。電気《でんき》が点《つ》いているときには誰《だれ》も気《き》がつかない……」

白鳥《しらとり》はそう言《い》うと、目暮《めぐれ》に顔《かお》を近《ちか》づけて小声《こごえ》でささやいた。

「これであの事件《じけん》に関係《かんけい》していることはほぼ間違《まちが》いないですね……」

「あの事件《じけん》ってなんすか？」

耳《みみ》ざとく聞《き》きつけた小五郎《こごろう》がたずねる。

「い、いやぁ……」

「なぜ話《はな》してくれないんです！　一歩間違《いっぽまちが》えれば蘭《らん》が撃《う》たれていたかもしれないんです

よ!?　警部殿《けいぶどの》!!」

小五郎《こごろう》が詰《つ》め寄《よ》ったとき、園子《そのこ》が病棟《びょうとう》に続《つづ》く扉《とびら》から出《で》てきた。

「大変《たいへん》です！　蘭《らん》が!!」

「蘭《らん》がどうした？」

「意識《いしき》が戻《もど》ったけど、様子《ようす》がおかしいんです！」

「何《なに》!?」「え!?」

コナンは小五郎《こごろう》たちと病室《びょうしつ》へ向《む》かった。


「蘭姉《らんねえ》ちゃん！」

病室《びょうしつ》に駆《か》け込《こ》むと、蘭《らん》はベッドの上《うえ》で上半身《じょうはんしん》を起《お》こしていた。コナンたちに気《き》づいて扉《とびら》の方《ほう》を見《み》るが、どこかぼんやりとしている。

「大丈夫《だいじょうぶ》？　蘭姉《らんねえ》ちゃん」

コナンが心配《しんぱい》そうに声《こえ》をかけると、蘭《らん》はうつろな目《め》つきでコナンを見《み》つめた。

「……坊《ぼう》や、誰《だれ》？」

(――‼)

コナンたちは耳《みみ》を疑《うたが》った。様子《ようす》がおかしいどころじゃない。これってまさか――。

「お、おい……」

小五郎《こごろう》は蘭《らん》の肩《かた》に手《て》を置《お》いた英《え》理《り》を見《み》た。

「この子《こ》……私《わたし》たちのことばかりか、自分《じぶん》の名前《なまえ》さえ思《おも》い出《だ》せないの……」

「んなバカな……！」

蘭《らん》に近《ちか》づいた小五郎《こごろう》は、自分《じぶん》の胸《むね》に手《て》を当《あ》てた。

「お前《まえ》の父親《ちちおや》の毛利《もうり》小五郎《こごろう》！　母親《ははおや》の妃《きさき》英理《えり》だ！」

蘭《らん》はぼんやりとした目《め》で小五郎《こごろう》を見《み》ると、静《しず》かに首《くび》を横《よこ》に振《ふ》った。

「……わからない。何《なに》も思《おも》い出《だ》せない……」

小五郎《こごろう》はショックのあまり息《いき》をのんだ。コナンも唖然《あぜん》とする。

「……蘭《らん》……」

記憶《きおく》を失《うしな》った蘭《らん》は口《くち》を閉《と》ざしたまま、暗《くら》い表情《ひょうじょう》でうつむいていた。

病院《びょういん》の裏口《うらぐち》に一台《いちだい》のタクシーが停《と》まった。後部座席《こうぶざせき》から風戸京介《かざときょうすけ》が出《で》てきて、夜間専用《やかんせんよう》口《ぐち》で待《ま》っていた白鳥《しらとり》は外《そと》に出《で》た。

「風戸先生《かざとせんせい》。お疲《つか》れのところすみません。心療科《しんりょうか》の当直《とうちょく》がいなかったもので……」

白鳥《しらとり》に案内《あんない》されて蘭《らん》の病室《びょうしつ》を訪《おとず》れた風戸《かざと》は、さっそくベッドの横《よこ》に置《お》かれた椅子《いす》に座《すわ》り、診察《しんさつ》を始《はじ》めた。

「自分《じぶん》が誰《だれ》だかわかりますか？」

風戸《かざと》の質問《しつもん》に、蘭《らん》は無言《むごん》で首《くび》を横《よこ》に振《ふ》った。

「それでは今日何《きょうなに》があったか覚《おぼ》えていますか？」

「……いいえ」

「アメリカの首都《しゅと》はどこでしょう？」

「……ワシントン」

「5×8はいくつですか？」

「40」

答《こた》えるのが少《すこ》しずつ速《はや》くなってきたところで、風戸《かざと》は持《も》っていたボールペンを蘭《らん》に向《む》けた。

「このボールペンの芯《しん》を出《だ》してください」

それはノック式《しき》のボールペンだった。受《う》け取《と》った蘭《らん》はボールペンをじっと見《み》つめると、親指《おやゆび》でボールペンの頭《あたま》についているノックを押《お》した。


蘭《らん》にいくつかの質問《しつもん》をした後《あと》、風戸《かざと》は小五郎《こごろう》たちを会議室《かいぎしつ》に呼《よ》んだ。風戸《かざと》と向《む》かい合《あ》わせに小五郎《こごろう》、英理《えり》、コナンが座《すわ》り、その後《うし》ろで目暮《めぐれ》と白鳥《しらとり》が立《た》っている。

「逆行健忘《ぎゃっこうけんぼう》……」

蘭《らん》の病状《びょうじょう》を説明《せつめい》された小五郎《こごろう》が聞《き》きなれない言葉《ことば》を繰《く》り返《かえ》すと、風戸《かざと》は「はい」とうなずいた。

「突然《とつぜん》の疾病《しっぺい》や外傷《がいしょう》によって、損傷《そんしょう》が起《お》こる前《まえ》のことが思《おも》い出《だ》せなくなる記憶障害《きおくしょうがい》の一《ひと》つです。ただしお嬢《じょう》さんの場合《ばあい》、目《め》の前《まえ》で佐藤刑事《さとうけいじ》が撃《う》たれたのを見《み》て、強《つよ》い精神的《せいしんてき》ショックを受《う》けたためと考《かんが》えられます」

「それで……娘《むすめ》の記憶《きおく》は戻《もど》るんすか？」

「今《いま》の段階《だんかい》では何《なん》とも言《い》えません。ただ日常生活《にちじょうせいかつ》で必要《ひつよう》な知識《ちしき》の点《てん》では、障害《しょうがい》は認《みと》められませんでした」

風戸《かざと》の言葉《ことば》を聞《き》いて、英理《えり》は胸《むね》をなでおろした。

「それじゃあ普通《ふつう》の生活《せいかつ》はできるんですね？」

「そうです。ですがとりあえず何日《なんにち》か入院《にゅういん》して様子《ようす》をみてみましょう」

英理《えり》の隣《となり》で話《はなし》を聞《き》いていたコナンは、記憶喪失《きおくそうしつ》という診断《しんだん》に納得《なっとく》したものの、どこか腑《ふ》に落《お》ちない部分《ぶぶん》もあった。

（目《め》の前《まえ》で知《し》り合《あ》いの刑事《けいじ》が撃《う》たれたら、蘭《らん》がショックを受《う》けるのは当然《とうぜん》だが……記憶喪《きおくそう》失《しつ》になるほどだったのは、何《なに》か他《ほか》に原因《げんいん》があったんじゃねぇか？　もっと蘭《らん》の心《こころ》をえぐるような何《なに》かが……）

説明《せつめい》を終《お》えた風戸《かざと》が会議室《かいぎしつ》を出《で》ていくと、入《い》れ替《か》わりに高木《たかぎ》と千葉《ちば》が入《はい》ってきた。

「佐藤《さとう》さんの手術《しゅじゅつ》、終《お》わりました。弾《たま》は何《なん》とか摘出《てきしゅつ》されましたが、助《たす》かるかどうかは微妙《びみょう》だそうです……」

「そうか……」

高木《たかぎ》の説明《せつめい》に、目暮《めぐれ》は険《けわ》しい表情《ひょうじょう》で肩《かた》を落《お》とした。すると、たまりかねた小五郎《こごろう》が「警部殿《けいぶどの》！」と立《た》ち上《あ》がった。

「こんなことになってもまだ話《はな》してくれないっすか⁉」

目暮《めぐれ》は難《むずか》しい顔《かお》をして、うむ……と小《ちい》さくうなるだけで、話《はな》そうとしない。

「白鳥《しらとり》！　お前《まえ》は知《し》ってんだろ⁉　教《おし》えろ‼」

小五郎《こごろう》が指差《ゆびさ》すと、白鳥《しらとり》は下《した》を向《む》いた。

「……犯人《はんにん》は、我々《われわれ》の手《て》で必《かなら》ず逮捕《たいほ》します」

ここまで来《き》ても頑《がん》として口《くち》を開《ひら》こうとしない二人《ふたり》に苛立《いらだ》ち、小五郎《こごろう》は「くっそぉ～‼」

とテーブルを叩《たた》いた。

すると、コナンが「ねえ、千葉刑事《ちばけいじ》」と声《こえ》をかけた。

「トイレに落《お》ちていた懐中電灯《かいちゅうでんとう》の指紋《しもん》は調《しら》べたの？」

「ああ。でも、蘭《らん》さんの指紋《しもん》しか見《み》つからなかったよ」

「え⁉」

コナン、小五郎《こごろう》、英理《えり》は驚《おどろ》いて同時《どうじ》に声《こえ》を上《あ》げた。

「僕《ぼく》たちはてっきり懐中電灯《かいちゅうでんとう》を取《と》ったのは佐藤《さとう》さんだと思《おも》ってたけど、実《じつ》は蘭《らん》さんだったようです」

千葉《ちば》の言葉《ことば》を受《う》けて、英理《えり》は「そうだとすると……」と冷静《れいせい》な声《こえ》で言《い》った。

「蘭《らん》は自分《じぶん》のせいで佐藤刑事《さとうけいじ》が撃《う》たれたと思《おも》ったはずだわ」

「じゃあ、そのショックのためか……蘭君《らんくん》が記憶《きおく》を失《うしな》ったのは……！」

目暮《めぐれ》は険《けわ》しい顔《かお》をして、うつむいた。

（蘭《らん》……）

まさかあの懐中電灯《かいちゅうでんとう》を取《と》ったのは蘭《らん》だったとは、コナンも思《おも》いもしなかった。

目《め》の前《まえ》で佐藤刑事《さとうけいじ》が撃《う》たれ、それが自分《じぶん》のせいだと思《おも》った蘭《らん》は、自責《じせき》の念《ねん》に押《お》しつぶされ、その絶望《ぜつぼう》から逃《のが》れようと自《みずか》らの記憶《きおく》を閉《と》じ込《こ》めてしまったのだ——。

風戸《かざと》の診察《しんさつ》を受《う》けた蘭《らん》は再《ふたた》びベッドに入《はい》って眠《ねむ》り、病室《びょうしつ》に残《のこ》った園子《そのこ》がベッドのそばで見守《みまも》っていた。

起《お》きていたときも常《つね》に不安《ふあん》げな表情《ひょうじょう》をしていた蘭《らん》だが、寝顔《ねがお》も安《やす》らかにはほど遠《とお》くどこか苦《くる》しげに見《み》えて、園子《そのこ》は胸《むね》が締《し》め付《つ》けられた。

自分《じぶん》が誰《だれ》だかわからず、家族《かぞく》や友人《ゆうじん》のことも誰一人覚《だれひとりおぼ》えていないなんて――記憶《きおく》を失《うしな》った蘭《らん》を取《と》り巻《ま》く不安《ふあん》と恐怖《きょうふ》がどれだけのものなのか、園子《そのこ》には想像《そうぞう》できなかった。

でも――。

「蘭《らん》……」

つぶやいた園子《そのこ》の目《め》から涙《なみだ》があふれ、ひざの上《うえ》に置《お》いた手《て》にポタポタと落《お》ちる。

「たとえ記憶《きおく》が戻《もど》らなくても、わたしは一生友《いっしょうとも》だちだから……！」

蘭《らん》の寝顔《ねがお》を見《み》ながら、園子《そのこ》は心《こころ》に誓《ちか》った。

蘭《らん》の記憶喪失《きおくそうしつ》の原因《げんいん》が明《あ》かされた会議室《かいぎしつ》では、重苦《おもくる》しい空気《くうき》が流《なが》れていた。

「……全《すべ》て、話《はな》そう」

最初《さいしょ》に口《くち》を開《ひら》いたのは、目暮《めぐれ》だった。

「しかし目暮警部《めぐれけいぶ》、それは――」

白鳥《しらとり》が慌《あわ》てて止《と》めようとすると、目暮《めぐれ》は「なぁに」と振《ふ》り返《かえ》った。

「クビになったら毛利君《もうりくん》のように探偵事務所《たんていじむしょ》を開《ひら》けばいいさ」

「警部殿《けいぶどの》……」

ようやく話《はな》す気《き》になった目暮《めぐれ》に、小五郎《こごろう》はホッと頬《ほお》を緩《ゆる》めた。

「高木君《たかぎくん》、君《きみ》は佐藤君《さとうくん》に。千葉君《ちばくん》は蘭君《らんくん》に付《つ》いてくれ。何《なに》かあったらすぐに報告《ほうこく》するんだ」

「はい！」

二人《ふたり》が会議室《かいぎしつ》を出《で》ていくと、目暮《めぐれ》と白鳥《しらとり》は小五郎《こごろう》たちと向《む》かい合《あ》わせに座《すわ》った。

「……去年《きょねん》の夏《なつ》、東都大学付属病院《とうとだいがくふぞくびょういん》・第一外科《だいいちげか》の医師《いし》、仁野保《じんのたもつ》氏（35）の遺体《いたい》が自宅《じたく》のマンションから発見《はっけん》された」

目暮《めぐれ》が話《はな》し始《はじ》めて、白鳥《しらとり》は仁野保《じんのたもつ》の写真《しゃしん》をテーブルに置《お》いた。襟足《えりあし》をやや伸《の》ばした髪《かみ》をオールバックにし、臙脂色《えんじいろ》のスーツに身《み》を包《つつ》んだ仁野《じんの》は笑《わら》っているものの、メガネの奥《おく》からのぞかせる三白眼《さんぱくがん》がどこかきつそうな印象《いんしょう》を与《あた》える。

「捜査《そうさ》を担当《たんとう》したのは、ワシの先輩《せんぱい》でワシと同《おな》じ捜査第一課《そうさだいいっか》の友成警部《ともなりけいぶ》だった。彼《かれ》の下《した》に射殺《しゃさつ》された奈良沢《ならさわ》刑事《けいじ》と芝《しば》刑事《けいじ》、そして佐藤君《さとうくん》が付《つ》いたんだ。仁野氏《じんのし》はかなりの酒《さけ》を飲《の》んだうえ、自分《じぶん》の手術用《しゅじゅつよう》のメスで右《みぎ》の頸動脈《けいどうみゃく》を切《き》っていた。死因《しいん》は失血死《しっけつし》。第一発見者《だいいちはっけんしゃ》は隣町《となりまち》に住《す》んでいてルポライターをしている妹《いもうと》の環《たまき》さん」

目暮《めぐれ》が第一発見者《だいいちはっけんしゃ》の名前《なまえ》を告《つ》げると、白鳥《しらとり》は仁野保《じんのたもつ》の写真《しゃしん》の隣《となり》に仁野環《じんのたまき》（27）の写真《しゃしん》を並《なら》べた。

「オジサン、この人《ひと》！」

コナンは身《み》を乗《の》り出《だ》して写真《しゃしん》を指差《ゆびさ》した。

「お！　ホテルのパーティで……!!」

写真《しゃしん》に写《うつ》っていたのは、小田切敏也《おだぎりとしや》が会場《かいじょう》を出《で》ていくときに扉《とびら》のそばに立《た》っていた女性《じょせい》だった。すると、写真《しゃしん》を見《み》た小五郎《こごろう》が「思《おも》い出《だ》したぞ！」と手《て》を叩《たた》いた。

「彼女《かのじょ》、前《まえ》に俺《おれ》をたずねてきたんだ！」

「え！　事務所《じむしょ》に来《き》たの!?」

「それで彼女《かのじょ》は君《きみ》に何《なに》を!?」

コナンと目暮《めぐれ》がたずねると、小五郎《こごろう》は「あ、ああ……」とばつが悪《わる》そうに頬《ほお》をかいた。

「それが……そのときはしたたかに酔《よ》ってまして……彼女《かのじょ》が何《なに》を話《はな》したのか全然《ぜんぜん》覚《おぼ》えてないんです」

隣《となり》で英理《えり》がフゥ……とため息《いき》をついた。相変《あいか》わらずのダメっぷりに、コナンも苦笑《にがわら》いするしかない。

「ボク、この仁野《じんの》って人《ひと》の事件《じけん》覚《おぼ》えてるよ。亡《な》くなる何日《なんにち》か前《まえ》に、手術《しゅじゅつ》ミスを患者《かんじゃ》さんの家族《かぞく》に訴《うった》えられてたんだよね」

コナンが言《い》うと、目暮《めぐれ》は「ああ、そうだ」とうなずいた。

「部屋《へや》のワープロにも手術《しゅじゅつ》ミスを謝罪《しゃざい》する遺書《いしょ》が残《のこ》っていたんで、友成警部《ともなりけいぶ》は自殺《じさつ》の可能性《かのうせい》が高《たか》いと判断《はんだん》したんだ」

「ところが、妹《いもうと》の環《たまき》さんが自殺《じさつ》を否定《ひてい》したんです」

白鳥《しらとり》はそう言《い》って、環《たまき》の写真《しゃしん》を手《て》に取《と》った。

「兄《あに》の保《たもつ》は元々《もともと》患者《かんじゃ》のことなど全《まった》く考《かんが》えない最低《さいてい》の医者《いしゃ》で、手術《しゅじゅつ》ミスを詫《わ》びて自殺《じさつ》することなどありえない……ってね」

「しかも一週間《いっしゅうかん》ほど前《まえ》に、ある倉庫《そうこ》の前《まえ》で保《たもつ》さんが紫色《むらさきいろ》の髪《かみ》をした若《わか》い男《おとこ》と口論《こうろん》しているのを見《み》たらしい」

（紫色《むらさきいろ》の髪《かみ》……？）

目暮《めぐれ》の話《はなし》を聞《き》いたコナンの頭《あたま》に、小田切敏也《おだぎりとしや》が浮《う》かんだ。紫色《むらさきいろ》に髪《かみ》を染《そ》めている人間《にんげん》なんてそういないと思《おも》うが、まさか……。

「友成警部《ともなりけいぶ》は念《ねん》のため、佐藤《さとう》、奈良沢《ならさわ》、芝刑事《しばけいじ》を連《つ》れて倉庫《そうこ》へ向《む》かった。その日《ひ》は特《とく》に暑《あつ》く、気温《きおん》は35度《ど》を超《こ》えていたそうだ……」

目暮《めぐれ》はその日《ひ》のことを詳《くわ》しく話《はな》し始《はじ》めた。

一年前《いちねんまえ》の夏《なつ》。

じりじりと太陽《たいよう》が照《て》りつける中《なか》、四人《よにん》は仁野環《じんのたまき》が兄《あに》の保《たもつ》を目撃《もくげき》したという倉庫《そうこ》に来《き》てみたが、鍵《かぎ》がかかっていた。

「よおし、張《は》り込《こ》もう。芝君《しばくん》は向《む》こうだ」

友成《ともなり》に指示《しじ》されて、芝《しば》は倉庫《そうこ》の向《む》かい側《がわ》の建物《たてもの》と建物《たてもの》の隙間《すきま》に、残《のこ》りの三人《さんにん》は別《べつ》の路地《ろじ》に積《つ》まれた木箱《きばこ》の後《うし》ろに身《み》を潜《ひそ》めた。

友成《ともなり》は建物《たてもの》の壁《かべ》にもたれ、顔《かお》に吹《ふ》き出《だ》した汗《あせ》をハンカチで拭《ぬぐ》った。

「何《なん》て暑《あつ》いんだ……」

とぼやいたとき——突然《とつぜん》、胸《むね》に激《はげ》しい痛《いた》みが走《はし》った。

「う！　うう……ああ……っ！」

胸《むね》を押《お》さえながらその場《ば》にうずくまる友成《ともなり》に、佐藤《さとう》が駆《か》け寄《よ》る。

「どうしたんですか!?　警部《けいぶ》！」

「心臓病《しんぞうびょう》の発作《ほっさ》だ！　すぐに救急車《きゅうきゅうしゃ》を！」

「はい！」

奈良沢《ならさわ》に言《い》われて、佐藤《さとう》が携帯電話《けいたいでんわ》を取《と》り出《だ》してボタンを押《お》そうとすると、

「呼《よ》ぶな！」

友成《ともなり》が携帯電話《けいたいでんわ》を持《も》つ佐藤《さとう》の手《て》を押《お》さえこんだ。

「俺《おれ》たちは今《いま》張《は》り込《こ》み中《ちゅう》なんだ」

「しかし……！」

「大丈夫《だいじょうぶ》だ。タクシーつかまえて病院《びょういん》へ行《い》くから……張《は》り込《こ》みを続《つづ》けろ……！」

胸《むね》を押《お》さえた友成《ともなり》は壁《かべ》につかまりながらフラフラと路地《ろじ》を進《すす》んでいった。

その後《ご》、しばらく張《は》り込《こ》みをしていた佐藤《さとう》は、友成《ともなり》のことが気《き》になって様子《ようす》を見《み》にいった。残《のこ》った奈良沢《ならさわ》と芝《しば》は同《おな》じ場所《ばしょ》で張《は》り込《こ》みを続《つづ》けた。

「佐藤《さとう》さん、遅《おそ》いですね」

「うん……」

そのとき——紫色《むらさきいろ》の髪《かみ》をした男《おとこ》が数人《すうにん》の仲間《なかま》を引《ひ》き連《つ》れて向《む》こうから歩《ある》いてくるのが見《み》えた。

「あ！　来《き》ましたよ！」

ぞろぞろと歩《ある》く四人組《よにんぐみ》はみんな派手《はで》な髪型《かみがた》や服装《ふくそう》をしていて、大《おお》きな楽器《がっき》ケースを持《も》っている。

「全《まった》く。何《なん》て暑《あつ》さだよ、今日《きょう》は」

先頭《せんとう》を歩《ある》いていた紫色《むらさきいろ》の髪《かみ》をした男《おとこ》が暑苦《あつくる》しそうにサングラスを取《と》った。その顔《かお》を見《み》て奈良沢《ならさわ》はあっと驚《おどろ》いた。

「行《い》きますか」

「待《ま》て！」

奈良沢《ならさわ》は出《で》ていこうとする芝《しば》の肩《かた》を慌《あわ》ててつかんだ。

「あの男《おとこ》、誰《だれ》だか知《し》ってるか？　小田切警視長《おだぎりけいしちょう》のご子息《しそく》、敏也《としや》さんだ！」

芝《しば》が息《いき》をのんだまま唖然《あぜん》とすると、現《あらわ》れた四人組《よにんぐみ》はスプレーで落書《らくが》きされたシャッターを開《あ》けて倉庫《そうこ》の中《なか》へ入《はい》っていった。

「佐藤君《さとうくん》が見《み》にいくと友成警部《ともなりけいぶ》は車《くるま》のそばで倒《たお》れていて、佐藤君《さとうくん》はすぐに東都大学付属病院《とうとだいがくふぞくびょういん》に運《はこ》んだ。しかし、友成警部《ともなりけいぶ》は手術中《しゅじゅつちゅう》に息《いき》を引《ひ》き取《と》った……。結局《けっきょく》、友成警部《ともなりけいぶ》の急死《きゅうし》もあって、仁野保《じんのたもつ》氏《し》の死《し》は自殺《じさつ》と断定《だんてい》され、捜査《そうさ》は打《う》ち切《き》りとなった」

「妹《いもうと》の環《たまき》さんには男《おとこ》のことは調《しら》べたが事件《じけん》とは無関係《むかんけい》だったと、芝刑事《しばけいじ》が伝《つた》えました」

目暮《めぐれ》と白鳥《しらとり》の話《はなし》を聞《き》いて、小五郎《こごろう》は「そんなことがあったんすか……」と息《いき》をついた。

「ところで、友成警部《ともなりけいぶ》には真《まこと》という一人息子《ひとりむすこ》がいるんだが……」

と目暮《めぐれ》が切《き》り出《だ》すと、白鳥《しらとり》は友成真《ともなりまこと》の写真《しゃしん》をテーブルに置《お》いた。

「あ！　この人《ひと》、パーティ会場《かいじょう》に来《き》てたよ！」

その写真《しゃしん》に写《うつ》っていたのは、コナンがパーティ会場《かいじょう》で見《み》かけた男《おとこ》だった。パーティに似《に》つかわしくない普段着《ふだんぎ》で来《き》ていて、しかめた顔《かお》で新郎新婦《しんろうしんぷ》を見《み》ていたのでよく覚《おぼ》えている。

「すぐいなくなったけど……」

「この男《おとこ》が何《なに》か？」

小五郎《こごろう》がたずねると、目暮《めぐれ》は「ああ」と険《けわ》しい顔《かお》でうなずいた。

「通夜《つや》の席《せき》で、友成警部《ともなりけいぶ》と一緒《いっしょ》に張《は》り込《こ》みをしていた奈良沢《ならさわ》・芝両刑事《しばりょうけいじ》と佐藤君《さとうくん》のことを責《せ》めたんだ。なぜ救急車《きゅうきゅうしゃ》を呼《よ》ばなかったんだ、呼《よ》んでくれれば父《ちち》は助《たす》かったかもしれないのに、と。友成警部《ともなりけいぶ》が自《みずか》ら救急車《きゅうきゅうしゃ》を呼《よ》ぶのを止《と》めたと説明《せつめい》しても聞《き》く耳《みみ》を持《も》たず、三人《さんにん》を追《お》い返《かえ》した。『父《ちち》を殺《ころ》したのはあなたたちだ！　僕《ぼく》はあなたたちを許《ゆる》さない!!』とものすごい剣幕《けんまく》でね」

目暮《めぐれ》が話《はな》し終《お》えると、みんなで会議室《かいぎしつ》を出《で》た。エレベーターホールに向《む》かう途中《とちゅう》で、目暮《めぐれ》は自販機《じはんき》でジュースを買《か》った。

「はい、コナン君《くん》」

「ありがとう」

ジュースを受《う》け取《と》ったコナンがその場《ば》でプルトップを開《あ》けて飲《の》むと、目暮《めぐれ》が再《ふた》び話《はな》し出《だ》した。

「その後《ご》まもなく、奈良沢《ならさわ》・芝両刑事《しばりょうけいじ》は所轄署《しょかつしょ》に異動《いどう》となった。ところが最近《さいきん》になって、佐藤君《さとうくん》が勤務時間外《きんむじかんがい》に何《なに》かを捜査《そうさ》しているのを、白鳥君《しらとりくん》が気《き》づいた」

「彼女《かのじょ》は奈良沢刑事《ならさわけいじ》に頼《たの》まれて、芝刑事《しばけいじ》と三人《さんにん》で一年前《いちねんまえ》の事件《じけん》を調《しら》べ直《なお》していました」

白鳥《しらとり》の言葉《ことば》に、小五郎《こごろう》と英理《えり》は「え!?」と驚《おどろ》いた。

「ただ佐藤《さとう》さんは敏也君《としやくん》と仁野《じんの》氏《し》の関係《かんけい》を知《し》らされてなかったようです」

エレベーターホールに着《つ》いた白鳥《しらとり》は乗《の》り場《ば》ボタンを押《お》した。扉《とびら》が開《あ》き、エレベーターに乗《の》り込《こ》んだ目暮《めぐれ》が話《はなし》を続《つづ》ける。

「奈良沢刑事《ならさわけいじ》が射殺《しゃさつ》されたのはそれから間《ま》もなくだった。続《つづ》けて芝刑事《しばけいじ》も射殺《しゃさつ》され、我々《われわれ》は一年前《いちねんまえ》の事件《じけん》に関係《かんけい》して狙《ねら》われたと確信《かくしん》した」

「例《れい》の警察手帳《けいさつてちょう》から犯人《はんにん》は警察関係者《けいさつかんけいしゃ》だと推理《すいり》し、警部《けいぶ》の息子《むすこ》である友成真《ともなりまこと》を高木刑事《たかぎけいじ》が、警視長《けいしちょう》の息子《むすこ》である敏也君《としやくん》を私《わたし》が調《しら》べることにしたんです」

白鳥《しらとり》はそう言《い》うと、最上階《さいじょうかい》のボタンを押《お》した。エレベーターを降《お》りたコナンたちは、サンルームに向《む》かった。大《おお》きな観葉植物《かんようしょくぶつ》や花《はな》がいくつも置《お》かれた広々《ひろびろ》とした室内《しつない》からは、ビル群《ぐん》の夜景《やけい》が一望《いちぼう》できた。談話室《だんわしつ》になっているこの場所《ばしょ》は、昼間《ひるま》は大《おお》きな窓《まど》から太陽《たいよう》の光《ひかり》が降《ふ》り注《そそ》ぎ、患者《かんじゃ》たちの憩《いこ》いの場《ば》になっているのだろう。

「ワシは犯人《はんにん》が次《つぎ》は佐藤君《さとうくん》を狙《ねら》う可能性《かのうせい》が高《たか》いと思《おも》い、誰《だれ》かをガードに付《つ》けると言《い》ったんだが、断《ことわ》られてしまった」

目暮《めぐれ》の話《はなし》を聞《き》いて、小五郎《こごろう》はパーティで目暮《めぐれ》が佐藤《さとう》に話《はな》しかけていたのを思《おも》い出《だ》した。

「じゃあ、パーティで警部殿《けいぶどの》が彼女《かのじょ》に声《こえ》をかけたのも……」

「そうだ」

うなずいた目暮《めぐれ》の拳《こぶし》がわなわなと震《ふる》えているのに、コナンは気《き》づいた。あの後《あと》、佐藤《さとう》はすぐに会場《かいじょう》を出《で》ていき、化粧室《けしょうしつ》に入《はい》ったところで撃《う》たれてしまったのだ。あのとき、無理《むり》やりにでもガードを付《つ》けておけば、こんなことにはならなかったかもしれない——目暮《めぐれ》はひどく後悔《こうかい》しているのだろう。

すると、小五郎《こごろう》が胸《むね》の前《まえ》で拳《こぶし》を握《にぎ》った。

「わっかりました、警部殿《けいぶどの》！　犯人《はんにん》は小田切敏也《おだぎりとしや》です!!」

うつむいていた目暮《めぐれ》は「ん？」と顔《かお》を上《あ》げ、小五郎《こごろう》を振《ふ》り返《かえ》った。

「一年前《いちねんまえ》の仁野氏《じんのし》の事件《じけん》を奈良沢《ならさわ》、芝《しば》、佐藤刑事《さとうけいじ》が再捜査《さいそうさ》を始《はじ》めたので、先手《せんて》を打《う》ったのですよ！」

小五郎《こごろう》が、うんうん、と自分《じぶん》の推理《すいり》に満足《まんぞく》げにうなずく。

「だが……佐藤君《さとうくん》を撃《う》ったのは彼《かれ》じゃないぞ」

「硝煙反応《しょうえんはんのう》は出《で》ませんでしたから」

目暮《めぐれ》と白鳥《しらとり》の言葉《ことば》に、小五郎《こごろう》は「ああ、そうか……」と肩《かた》を落《お》とした。

「それよりも友成真《ともなりまこと》だ。彼《かれ》は現在行方《げんざいゆくえ》がつかめん」

「それに奈良沢《ならさわ》・芝刑事《しばけいじ》が撃《う》たれた日《ひ》に近《ちか》くで目撃《もくげき》されています。しかも今日《きょう》パーティ会《かい》場《じょう》にいたとなると……」

白鳥《しらとり》があごに手《て》を当《あ》てて考《かんが》え込《こ》むと、コナンはさりげなくつぶやいた。

「犯人《はんにん》は左利《ひだりき》きってのはわかってるんだけどなぁ」

その言葉《ことば》に、白鳥《しらとり》はハッとした。

『父《ちち》を殺《ころ》したのはあなたたちだ！　僕《ぼく》はあなたたちを許《ゆる》さない!!』

通夜《つや》の席《せき》で友成真《ともなりまこと》が佐藤《さとう》たちを罵倒《ばとう》したとき、彼《かれ》は左手《ひだりて》で三人《さんにん》を指差《ゆびさ》したのだ。

「そ、そういえば、友成真《ともなりまこと》も左利《ひだりき》きだ……!!」

「よし！　友成真《ともなりまこと》を指名手配《しめいてはい》だ!!」

「はい！」

目暮《めぐれ》に指示《しじ》された白鳥《しらとり》はサンルームを走《はし》って出《で》ていった。その姿《すがた》を見送《みおく》ったコナンは
「ねえ、警部《けいぶ》さん」と目暮《めぐれ》に話《はな》しかけた。

「仁野《じんの》って人《ひと》の頚動脈《けいどうみゃく》はどう切《き》られてたの？」

「どうって……」

目暮《めぐれ》はとまどいながらも、右手《みぎて》を使《つか》って説明《せつめい》した。

「右側《みぎがわ》を上《うえ》から斜《なな》め下《した》へまっすぐだよ」

「じゃあその事件《じけん》が他殺《たさつ》だったら、その犯人《はんにん》は左利《ひだりき》きかもしれないね」

コナンの言葉《ことば》に、目暮《めぐれ》は「ええっ？」と目《め》を丸《まる》くした。

「何《なん》でそんなことがわかるんだよ！」

小五郎《こごろう》が怒《おこ》り気味《ぎみ》に突《つ》っ込《こ》むと、

「だって――」

「返《かえ》り血《ち》を浴《あ》びないため」

英理《えり》がコナンより先《さき》に答《こた》えた。そしてジャケットの胸《むね》ポケットから左手《ひだりて》でペンを取《と》り出《だ》すと、小五郎《こごろう》の背後《はいご》から首《くび》に左手《ひだりて》を回《まわ》し、メスに見立《みた》てたペンで小五郎《こごろう》の首《くび》の右側《みぎがわ》を上《うえ》から斜《なな》め下《した》にスパッと切《き》る真似《まね》をした。

「そうするには、左手《ひだりて》でないと右《みぎ》の頚動脈《けいどうみゃく》を切《き》れない。――でしょう？　コナン君《くん》」

「う、うん……」

コナンは英理《えり》の手際《てぎわ》の良《よ》さに驚《おどろ》きつつ、うなずいた。目暮《めぐれ》が「なるほど」と腕《うで》を組《く》む。

「いやぁ、でも、友成真《ともなりまこと》は仁野氏《じんのし》とは繋《つな》がりがない。もし仁野氏《じんのし》が他殺《たさつ》だとすれば、別《べつ》に左利《ひだりき》きの犯人《はんにん》がいるはずだ……」

目暮《めぐれ》の言葉《ことば》に、コナンはパーティ会場《かいじょう》でタバコを吸《す》う敏也《としや》の姿《すがた》を思《おも》い浮《う》かべた。

「敏也《としや》さんも左利《ひだりき》きだよ。左手《ひだりて》でマッチを擦《す》ってたもん」

英理《えり》が「もう一人《ひとり》いるわ」と言《い》った。

「父親《ちちおや》の小田切警視長《おだぎりけいしちょう》。彼《かれ》も左利《ひだりき》きよ」

パーティ会場《かいじょう》で、小田切《おだぎり》は敏也《としや》を左手《ひだりて》で指《さ》していたのだ。

小五郎《こごろう》は「バカな！」と声《こえ》を荒《あら》らげた。

「あの人《ひと》が犯人《はんにん》なわけねーだろォ!!」

と言《い》い切《き》る小五郎《こごろう》を、英理《えり》が冷《ひ》ややかな目《め》つきで見《み》る。

「け、警部殿《けいぶどの》……」

小五郎《こごろう》がすがるような目《め》を向《む》けると、目暮《めぐれ》は無言《むごん》で険《けわ》しい顔《かお》をした。その表情《ひょうじょう》を見《み》て、小五郎《こごろう》が息《いき》をのむ。

警視長《けいしちょう》だから犯人《はんにん》ではないと言《い》い切《き》れない。むしろ、被害者《ひがいしゃ》と繋《つな》がりがある息子《むすこ》を持《も》ち、なおかつ自身《じしん》も左利《ひだりき》きである小田切《おだぎり》は、容疑者《ようぎしゃ》の一人《ひとり》として疑《うたが》わねばならない人物《じんぶつ》なのだ
――。

5

翌日《よくじつ》。

朝《あさ》からMRI《エムアールアイ》など一通《ひととお》りの検査《けんさ》を受《う》けた蘭《らん》は、コナンに連《つ》れられて噴水《ふんすい》がある病院《びょういん》の中庭《なかにわ》に来《き》ていた。木陰《こかげ》のベンチに腰掛《こしか》けると、子《こ》どもたちを連《つ》れた阿笠博士《あがさはかせ》がやってきて、灰原《はいばら》が持《も》っていた花束《はなたば》を渡《わた》した。

「わたし、吉田歩美《よしだあゆみ》。小嶋元太君《こじまげんたくん》に円谷光彦君《つぶらやみつひこくん》。そして灰原哀《はいばらあい》さん。みんなコナン君《くん》の友《とも》だちで、蘭《らん》お姉《ねえ》さんを心配《しんぱい》してやってきたのよ」

蘭《らん》の前《まえ》に立《た》った歩美《あゆみ》がみんなを紹介《しょうかい》すると、蘭《らん》はぼんやりとした表情《ひょうじょう》で「ありがとう」と言《い》った。

「でも、ごめんね。誰《だれ》のことも覚《おぼ》えてないの」

「そんなぁ。信《しん》じられません！」

「あんなに遊《あそ》んでくれたじゃねーか」

光彦《みつひこ》と元太《げんた》が悲《かな》しむそばで、阿笠博士《あがさはかせ》は自分《じぶん》を指差《ゆびさ》した。

「ワシのことも覚《おぼ》えとらんか。阿笠博士《あがさひろし》じゃ。ほれ、君《きみ》の幼《おさな》なじみで同級生《どうきゅうせい》の工藤新一君《くどうしんいちくん》ちの隣《となり》に住《す》んどる天才科学者《てんさいかがくしゃ》じゃよ」

「工藤《くどう》……新一《しんいち》……？」

名前《なまえ》をつぶやいた蘭《らん》の瞳《ひとみ》がパチリと開《ひら》く。

「新一兄《しんいちにい》ちゃんのこと、覚《おぼ》えてるの!?」

コナンがたずねると、蘭《らん》は「ううん、わからない」と首《くび》を横《よこ》に振《ふ》った。

(!!)

「あ……そう……」

コナンはがっくりと肩《かた》を落《お》とした。

家族《かぞく》のことですら覚《おぼ》えていないのに、新一《しんいち》のことを覚《おぼ》えているわけないか……。

すると突然《とつぜん》、灰原《はいばら》がバッと後《うし》ろを振《ふ》り返《かえ》った。

「どうした？　灰原《はいばら》」

「今《いま》、誰《だれ》かがじっと見《み》つめていたような……」

「え⁉」

コナンも驚《おどろ》いて振《ふ》り返《かえ》った。が、花壇《かだん》の前《まえ》にベンチが置《お》かれているものの、誰《だれ》もいない。

「気《き》のせいね」

灰原《はいばら》はそう言《い》って蘭《らん》が座《すわ》るベンチに向《む》き直《なお》ったが、コナンは険《けわ》しい目《め》でしばらく誰《だれ》もいない場所《ばしょ》を見《み》つめた。

本当《ほんとう》に気《き》のせいだろうか。誰《だれ》かが蘭《らん》のことを見《み》ていたのでは……。


中庭《なかにわ》から病室《びょうしつ》に戻《もど》った蘭《らん》は、すぐにベッドに横《よこ》になった。

「ごめんなさい。少《すこ》し疲《つか》れちゃった」

「いいのよ。ゆっくり休《やす》みなさい」

英理《えり》が蘭《らん》の体《からだ》に布団《ふとん》を掛《か》けた。するとそのとき、コナンは扉《とびら》の向《む》こうに誰《だれ》かが立《た》って覗《のぞ》き込《こ》んでいるのに気《き》づいた。

「誰《だれ》!?」

叫《さけ》ぶとすぐに扉《とびら》を開《あ》けた。バタバタと廊下《ろうか》を走《はし》る音《おと》が聞《き》こえて追《お》いかけたが、ナースステーションの前《まえ》に出《で》ると人《ひと》がたくさんいて、わからなくなってしまった。

クソッ、とコナンは歯噛《はが》みした。

見失《みうしな》ってしまったけれど、間違《まちが》いない。扉《とびら》の前《まえ》に誰《だれ》かが立《た》って病室《びょうしつ》の様子《ようす》をうかがっていた。さっきの中庭《なかにわ》といい、誰《だれ》かが蘭《らん》を見張《みは》っているのだ。

「どうした、コナン」

振《ふ》り返《かえ》ると、追《お》いかけてきた小五郎《こごろう》が不思議《ふしぎ》そうな顔《かお》をして立《た》っていた。

「オジサン。もしかして蘭姉《らんねえ》ちゃん、佐藤刑事《さとうけいじ》が撃《う》たれたとき、犯人《はんにん》の顔見《かおみ》てるんじゃない!?」

「何《なに》!?」

「だとしたら、犯人《はんにん》は蘭姉《らんねえ》ちゃんの命《いのち》を狙《ねら》うかもしれないよ!」

小五郎《こごろう》から連絡《れんらく》を受《う》けた目暮《めぐれ》が高木《たかぎ》と千葉《ちば》を連《つ》れて病院《びょういん》を訪《おとず》れると、ロビーで英理《えり》が出《で》迎《むか》えた。

「お待《ま》ちしていました」

「ご安心《あんしん》ください。高木君《たかぎくん》と千葉君《ちばくん》が交替《こうたい》でガードします。で、今《いま》は？」

「うちの人《ひと》が付《つ》いています」

「よし、行《い》くぞ！」

目暮《めぐれ》たちがエレベーターへ向《む》かい、英理《えり》も後《あと》に続《つづ》こうとすると、

「あの、妃《きさき》さん」

看護師《かんごし》が声《こえ》をかけた。

「風戸先生《かざとせんせい》がお嬢《じょう》さんのことでお話《はなし》があるそうです」


英理《えり》は小五郎《こごろう》とコナンを連《つ》れて、風戸《かざと》の部屋《へや》を訪《おとず》れた。

デスクの前《まえ》に置《お》かれたディスプレイには脳《のう》のＭＲＩ《エムアールアイ》画像《がぞう》が表示《ひょうじ》されていて、風戸《かざと》は一枚《いちまい》ずつ丁寧《ていねい》に説明《せつめい》していった。

「ＭＲＩ《エムアールアイ》検査《けんさ》の結果《けっか》、脳《のう》に損傷《そんしょう》は見《み》られませんでした。やはりお嬢《じょう》さんの記憶喪失《きおくそうしつ》は自分《じぶん》

を精神的《せいしんてき》ダメージから救《すく》うためのものですね」

説明《せつめい》を終《お》えた風戸《かざと》は、応接《おうせつ》セットの前《まえ》に置《お》いた椅子《いす》に腰掛《こしか》けた。ソファの背《せ》もたれ越《ご》しにＭＲＩ《エムアールアイ》画像《がぞう》を見《み》ていたコナンは座《すわ》り直《なお》し、小五郎《こごろう》と英理《えり》も反対側《はんたいがわ》のソファに腰《こし》を下《お》ろす。

「ということは、娘《むすめ》をあのホテルへ連《つ》れてって事件《じけん》を再現《さいげん》してみたら記憶《きおく》が戻《もど》るんじゃあ……」

小五郎《こごろう》の言葉《ことば》に、英理《えり》は「何《なに》を言《い》ってるんですか！」と一喝《いっかつ》した。

「思《おも》い出《だ》したくない記憶《きおく》を無理《むり》に思《おも》い出《だ》させる必要《ひつよう》はないわ！」

「じゃあ何《なに》か？　このまま蘭《らん》の記憶《きおく》が戻《もど》らなくてもいいってのか⁉」

「あの子《こ》を苦《くる》しめるようなやり方《かた》に反対《はんたい》なの！」

口論《こうろん》する二人《ふたり》を、風戸《かざと》は「まぁまぁ」となだめた。

「無理《むり》して思《おも》い出《だ》させようとすると、脳《のう》に異常《いじょう》をきたす恐《おそ》れもあります」

英理《えり》は「ほおら」と見下《みくだ》すような眼差《まなざ》しを小五郎《こごろう》に向《む》けた。すると、風戸《かざと》のデスクに置《お》かれた電話《でんわ》が鳴《な》った。失礼《しつれい》、と風戸《かざと》が立《た》ち上《あ》がる。

「はい、風戸《かざと》です。……はい、わかりました。電話《でんわ》してみます……」

電話《でんわ》を切《き》った風戸《かざと》は、左手《ひだりて》で子機《こき》のボタンを押《お》した。別《べつ》のところに電話《でんわ》をかけている風《かざ》戸《と》を横目《よこめ》で見《み》ながら、コナンはソファに座《すわ》り直《なお》した。

(もし蘭《らん》が犯人《はんにん》の顔《かお》を見《み》ているとしたら、一刻《いっこく》も早《はや》く記憶《きおく》を戻《もど》して犯人《はんにん》を捕《つか》まえなければ危険《きけん》だ。だが先生《せんせい》の言《い》うように、無理《むり》に思《おも》い出《だ》させるのは禁物《きんもつ》。こうなったら、オレが蘭《らん》を守《まも》ってやる……!)

「……あれ? 出《で》ないな」

風戸《かざと》は子機《こき》を充電器《じゅうでんき》に戻《もど》すと、「どうも失礼《しつれい》しました」と応接《おうせつ》セットの方《ほう》を向《む》いた。

「先生《せんせい》。ごく自然《しぜん》に記憶《きおく》を取《と》り戻《もど》す方法《ほうほう》はないんでしょうか?」

英理《えり》の質問《しつもん》に、風戸《かざと》は、うーん、とあごに手《て》を当《あ》てた。

「一般的《いっぱんてき》には、リラックスした状態《じょうたい》のときにフッと思《おも》い出《だ》すことが多《おお》いですね……」

「わかりました」

英理《えり》は笑顔《えがお》で答《こた》えると、小五郎《こごろう》の方《ほう》をクルリと向《む》いた。

「蘭《らん》が退院《たいいん》したら私《わたし》も事務所《じむしょ》に住《す》むわ」

「何《なに》っ!?」

「その方《ほう》が蘭《らん》の世話《せわ》もできるし、あの子《こ》もリラックスできると思《おも》うの」

「冗談《じょうだん》じゃねぇ！　俺《おれ》の方《ほう》がストレスたまっちまうよ!!」

断固拒否《だんこきょひ》する小五郎《こごろう》を英理《えり》はジロリとにらんだ。

「あなたがどうなろうと関係《かんけい》ないわ。全《すべ》ては蘭《らん》のため。いいわね!?」

とすごまれて、小五郎《こごろう》はうっと言葉《ことば》に詰《つ》まった。蘭《らん》のためと言《い》われたら反対《はんたい》はできない。

(こりゃ大変《たいへん》だ……!!)

ソファに座《すわ》っていたコナンは内心青《ないしんあお》ざめた。


二日後《ふつかご》。

雨《あめ》が降《ふ》る中《なか》、退院《たいいん》することになった蘭《らん》は、風戸《かざと》や看護師《かんごし》に玄関《げんかん》で見送《みおく》られた。蘭《らん》のそばにはコナン、小五郎《こごろう》、英理《えり》、そして高木《たかぎ》が車《くるま》を停《と》めて待《ま》っていた。

「蘭《らん》さん。くれぐれも無理《むり》して思《おも》い出《だ》そうとしないように。いいですね？」

「はい……」

蘭《らん》が返事《へんじ》をすると、風戸《かざと》は小五郎《こごろう》と英理《えり》の方《ほう》を向《む》いた。

「少《すこ》しでも記憶《きおく》が戻《もど》ったら連絡《れんらく》してください」

「わかりました」

英理《えり》は風戸《かざと》に頭《あたま》を下《さ》げ、高木《たかぎ》の車《くるま》に蘭《らん》と共《とも》に乗《の》り込《こ》んだ。

自宅《じたく》に向《む》かう途中《とちゅう》、助手席《じょしゅせき》に乗《の》った小五郎《こごろう》は何度《なんど》も後部座席《こうぶざせき》を振《ふ》り返《かえ》り、蘭《らん》に話《はな》しかけた。

「お前《まえ》が生《う》まれたときから17年間《ねんかん》住《す》んでいる街《まち》だ。見覚《みおぼ》えないか？」

後部座席《こうぶざせき》の窓《まど》から外《そと》を眺《なが》めていた蘭《らん》は前《まえ》を向《む》き、無言《むごん》で首《くび》を横《よこ》に振《ふ》った。そしてまた窓《まど》の方《ほう》を向《む》く。

自宅《じたく》に着《つ》くまで蘭《らん》はずっと黙《だま》ったまま、雨《あめ》が降《ふ》る外《そと》の景色《けしき》を見《み》つめていた。

「ここがお前《まえ》の家《いえ》だ」

車《くるま》が停《と》まって小五郎《こごろう》が言《い》うと、蘭《らん》は目《め》の前《まえ》の建物《たてもの》を見上《みあ》げた。

「毛利《もうり》……探偵事務所《たんていじむしょ》……」

不思議《ふしぎ》そうな顔《かお》で、2階《かい》の窓《まど》に張《は》られた文字《もじ》を読《よ》み上《あ》げる。

車《くるま》を降《お》りた小五郎《こごろう》が後部座席《こうぶざせき》のドアを開《あ》けると、英理《えり》が「濡《ぬ》れるわ」と差《さ》していた傘《かさ》を蘭《らん》に向《む》けた。

座席《ざせき》から腰《こし》を浮《う》かせて車《くるま》を降《お》りようとした蘭《らん》は、ハッと目《め》を見開《みひら》いた。すぐに座席《ざせき》に戻《もど》り、自分《じぶん》の体《からだ》を両腕《りょううで》で抱《だ》きしめるようにして震《ふる》える。

「どうしたの？　蘭《らん》」

声《こえ》をかける英理《えり》のそばで、小五郎《こごろう》は道路《どうろ》を覗《のぞ》き込《こ》んだ。すると、蘭《らん》が降《お》り立《た》とうとした辺《あた》りに小《ちい》さな水《みず》たまりができていた。

「水《みず》たまりが嫌《いや》なんだろう。佐藤刑事《さとうけいじ》が撃《う》たれたときも、水《みず》がたまっていたからな。もう少《すこ》し前《まえ》に出《だ》してくれ」

「あ、わかりました」

小五郎《こごろう》がドアを閉《し》めると、高木《たかぎ》は車《くるま》を前《まえ》に進《すす》めた。

後部座席《こうぶざせき》に座《すわ》ったコナンは、隣《となり》で体《からだ》を縮《ちぢ》こまらせてガタガタ震《ふる》えている蘭《らん》を心配《しんぱい》そうに見《み》つめた。

蘭《らん》を車《くるま》から降《お》ろした小五郎《こごろう》たちは、ビルの右手《みぎて》にある入口《いりぐち》から階段《かいだん》を上《あ》がり、2階《かい》の探《たん》偵事務所《ていじむしょ》に入《はい》った。

蘭《らん》は初《はじ》めて入《はい》ったかのように、不安《ふあん》げな顔《かお》で部屋《へや》の中《なか》をキョロキョロと見回《みまわ》した。

「2階《かい》のここが事務所《じむしょ》だ。俺《おれ》はいつもあの机《つくえ》で難事件《なんじけん》を解《と》いているんだ」

応接《おうせつ》セットの前《まえ》にある窓際《まどぎわ》の机《つくえ》を得意《とくい》げに指差《ゆびさ》す小五郎《こごろう》に、コナンはハハッと苦笑《にがわら》いした。

（いつもビール飲《の》んでテレビ見《み》てるだけじゃねーか）

記憶《きおく》を失《うしな》う前《まえ》の蘭《らん》なら、コナンと同《おな》じような突《つ》っ込《こ》みを入《い》れただろう。けれど記憶《きおく》がない今《いま》は、小五郎《こごろう》の言葉《ことば》を素直《すなお》に信《しん》じているようだった。

探偵事務所《たんていじむしょ》を後《あと》にした一同《いちどう》は、階段《かいだん》を上《あ》がって3階《がい》の住居《じゅうきょ》に向《む》かった。玄関《げんかん》を入《はい》ってすぐにあるドアを開《あ》けると、そこは座卓《ざたく》が置《お》いてある8畳《じょう》ほどのリビングだ。

「3階《がい》のここがリビング、こっちが台所《だいどころ》。で、こっちがお前《まえ》の部屋《へや》だ」

リビングに入《はい》った小五郎《こごろう》はそれぞれのドアを指差《ゆびさ》し、蘭《らん》の部屋《へや》に向《む》かった。ドアを開《あ》けて電気《でんき》を点《つ》ける。机《つくえ》や本棚《ほんだな》、ベッドが置《お》かれた6畳《じょう》ほどの部屋《へや》に入《はい》った蘭《らん》は、事務所《じむしょ》のときと同《おな》じようにキョロキョロと見回《みまわ》した。そして、

「あ……」

机《つくえ》の上《うえ》にあった写真立《しゃしんた》てに目《め》を留《と》める。それは新一《しんいち》とトロピカルランドに行《い》ったときの写真《しゃしん》だった。トロピカル城《じょう》の前《まえ》で並《なら》んだ二人《ふたり》が笑顔《えがお》でピースしている。

蘭《らん》が写真《しゃしん》をじっと覗《のぞ》き込《こ》んでいると、

「こいつは工藤新一《くどうしんいち》といってな。お前《まえ》のことたぶらかそうとしている、とんでもねぇヤローだ！」

小五郎《こごろう》は忌々《いまいま》しそうに写真立《しゃしんた》てを伏《ふ》せた。

(誰《だれ》がたぶらかしてんだよ！)

自分《じぶん》の悪口《わるくち》を言《い》われたコナンは心《こころ》の中《なか》で突《つ》っ込《こ》んだ。すると、蘭《らん》は机《つくえ》の横《よこ》に掛《か》けてあった空手道着《からてどうぎ》を手《て》に取《と》った。

「あ、蘭姉《らんねえ》ちゃん、空手《からて》やってるんだよ！」

「わたしが、空手《からて》を……？」

コナンに言《い》われて、蘭《らん》は不思議《ふしぎ》そうに空手道着《からてどうぎ》を見《み》つめた。

「高校《こうこう》の都大会《とたいかい》で優勝《ゆうしょう》したのよ。覚《おぼ》えてない？」

英理《えり》の言葉《ことば》に、蘭《らん》は「……いいえ」と首《くび》を横《よこ》に振《ふ》った。

「そう……」

英理《えり》と小五郎《こごろう》が肩《かた》を落《お》とすと、蘭《らん》は慌《あわ》てて明《あか》るく振《ふ》る舞《ま》った。

「あ、でも心配《しんぱい》いりません。そのうちに全部思《ぜんぶおも》い出《だ》しますよ！」

「そうだな。今日《きょう》は蘭《らん》の退院《たいいん》を祝《いわ》って何《なに》かうまいモンでも食《く》うか！」

「じゃあ久《ひさ》しぶりに私《わたし》が腕《うで》を振《ふ》るっちゃおうかしら！」

と張《は》り切《き》る英理《えり》に、小五郎《こごろう》とコナンは「ヒィッ」と恐《おそ》れおののいた。

英理《えり》が作《つく》る料理《りょうり》は壊滅的《かいめつてき》に不味《まず》いのだ。

「あら？　なぁに二人《ふたり》とも」

「な、な、なにって、お前《まえ》の、りょ、りょ、りょ……」

「あ、じゃあ、ボクの分《ぶん》はいらないよ。お、お腹空《なかす》いてないから……」

コナンがさりげなく部屋《へや》から出《で》ようとすると、英理《えり》がズイッと近《ちか》づいてきた。

「遠慮《えんりょ》しなくてもいいのよ、コナン君《くん》。オバサンが腕《うで》によりをかけて、ホッペが落《お》ちそうなおいし〜いビーフシチュー食《た》べさせてあげるから♪」

(それ最悪《さいあく》……)

コナンが心《こころ》の中《なか》で突《つ》っ込《こ》んでいると、小五郎《こごろう》が忍《しの》び足《あし》で英理《えり》の背後《はいご》を通《とお》ってドアに近《ちか》づいた。

「あら？　どこ行《い》くの、あなた」

「あ、い…いや、今夜《こんや》、近所《きんじょ》のヤツらと麻雀《マージャン》の約束《やくそく》をしていたのを、すっかり忘《わす》れててよ」

「娘《むすめ》がこんなときに麻雀《マージャン》なんてやってる場合《ばあい》じゃないでしょ!?」

「あ、いや……」

口《くち》ごもる小五郎《こごろう》に、英理《えり》は怒《いか》りの形相《ぎょうそう》を浮《う》かべて近《ちか》づいた。

「それともなぁに？　私《わたし》の料理《りょうり》が食《た》べられないとでも……？」

英理《えり》の鋭《するど》い眼光《がんこう》に射《い》すくめられた小五郎《こごろう》は恐怖《きょうふ》で震《ふる》え上《あ》がった。すると、そんな二人《ふたり》を見《み》ていた蘭《らん》がプッと吹《ふ》き出《だ》した。アハハ……と声《こえ》を上《あ》げて笑《わら》い、顔《かお》を見合《みあ》わせた英理《えり》と小《こ》五郎《ごろう》もつられて笑《わら》い出《だ》す。

よかった——コナンは笑《わら》っている蘭《らん》を見《み》て、ホッと胸《むね》をなで下《お》ろした。
（蘭《らん》のヤツ、思《おも》ったより明《あか》るいぞ。これなら大丈夫《だいじょうぶ》だ……）

その夜《よる》。蘭《らん》たちは久々《ひさびさ》に家族水入《かぞくみずい》らずで過《す》ごした。小五郎《こごろう》は退院《たいいん》したばかりで疲《つか》れているだろうからと、蘭《らん》を早《はや》めに寝《ね》かせることにした。

毛利邸《もうりてい》の前《まえ》には一台《いちだい》の車《くるま》が停《と》まり、警護役《けいごやく》の千葉刑事《ちばけいじ》が運転席《うんてんせき》でハンバーガーを食《た》べながら周囲《しゅうい》に目《め》を光《ひか》らせていた。

トイレに起《お》きたコナンは、蘭《らん》の部屋《へや》のドアが少《すこ》し開《あ》いているのに気《き》づいた。そっと部屋《へや》を覗《のぞ》くと——パジャマ姿《すがた》の蘭《らん》が椅子《いす》に座《すわ》っていた。明《あ》かりも点《つ》けずに薄暗《うすぐら》い部屋《へや》の中《なか》で、ひざに手《て》をつき、ぼんやりと宙《ちゅう》を見《み》ている。

その表情《ひょうじょう》は、昼間《ひるま》に見《み》せた明《あか》るい顔《かお》とは違《ちが》い、どんよりと沈《しず》んでいた。

（……蘭《らん》……）

コナンは自分《じぶん》の単純《たんじゅん》さを悔《く》やんだ。

大丈夫《だいじょうぶ》なんかじゃない。蘭《らん》はみんなの前《まえ》では心配《しんぱい》させないように、努《つと》めて明《あか》るく振《ふ》る舞《ま》っていただけで、本当《ほんとう》は不安《ふあん》で仕方《しかた》ないのだ――。

コナンは蘭《らん》に気《き》づかれないように、そっとドアを閉《し》めた。


翌朝《よくあさ》。蘭《らん》の家《いえ》に、歩美《あゆみ》、光彦《みつひこ》、元太《げんた》、そして灰原《はいばら》が訪《たず》ねてきた。

「ボディガード？　わたしの？」

外《そと》に出《で》てきた蘭《らん》が子《こ》どもたちの申《もう》し出《で》にビックリすると、元太《げんた》は向《む》かいの路肩《ろかた》に停《と》まっている車《くるま》を指差《ゆびさ》した。

「高木刑事《たかぎけいじ》から犯人《はんにん》に狙《ねら》われてるかもしれないって聞《き》いてよ」

運転席《うんてんせき》に座《すわ》った高木《たかぎ》は、笑《わら》いながら頭《あたま》をかいた。

「わたしたち少年探偵団《しょうねんたんていだん》で、蘭《らん》お姉《ねえ》さんを守《まも》ることに決《き》めました！」

「名《な》づけて」

「『蘭姉《らんねえ》ちゃんを守《まも》り隊《たい》』！」

子《こ》どもたち三人《さんにん》はポーズを取《と》りながら、自分《じぶん》たちで付《つ》けた名称《めいしょう》を叫《さけ》んだ。

（オイオイ……）

コナンはガクッと肩《かた》を落《お》とした。

「オレ、唐辛子《とうがらし》入《い》りの水鉄砲《みずでっぽう》持《も》ってきた！」

「ボクはブーメランです！」

「わたしは手錠《てじょう》よ！」

さらに子《こ》どもたちが持《も》ってきたオモチャの道具《どうぐ》を得意《とくい》げに見《み》せてきて、コナンはあきれてしまった。「お前《まえ》らなぁ、そんな子《こ》どもだましのオモチャで……」

「ありがとう、みんな。とっても心強《こころづよ》いわ」

蘭《らん》にお礼《れい》を言《い》われた子《こ》どもたちは、嬉《うれ》しそうに顔《かお》をほころばせた。

「お礼《れい》に冷《つめ》たいものでもご馳走《ちそう》するわ。上《あ》がって」

「はぁーい！」

子《こ》どもたちは大喜《おおよろこ》びで階段《かいだん》を上《あ》がっていった。後《うし》ろにいた灰原《はいばら》も階段《かいだん》に向《む》かうと、コナンはハァ……とため息《いき》をついて頭《あたま》をかいた。

「まだ何《なに》も思《おも》い出《だ》さないの？」

立《た》ち止《ど》まった灰原《はいばら》にたずねられたコナンは「ああ」と小《ちい》さくうなずいた。

「このまま記憶《きおく》が戻《もど》らない方《ほう》が、工藤君《くどうくん》にとって都合《つごう》がいいんじゃない」

「え……」

コナンが驚《おどろ》いて顔《かお》を上《あ》げると、灰原《はいばら》は顔《かお》だけ振《ふ》り返《かえ》って笑《え》みを浮《う》かべた。

「もう正体《しょうたい》がばれるの心配《しんぱい》する必要《ひつよう》がなくなるわけだし」

「!! 何《なん》だと!? テメー!」

灰原《はいばら》の無神経《むしんけい》さに腹《はら》を立《た》てたコナンは、灰原《はいばら》の肩《かた》をつかんだ。すると、振《ふ》り返《かえ》った灰原《はいばら》は険《けわ》しい顔《かお》でコナンをにらみつけた。

「私《わたし》だって……私《わたし》だって、できるなら記憶《きおく》を失《な》くしたいわよ」

「あ……」

灰原《はいばら》の悲《かな》しげな表情《ひょうじょう》を見《み》て、コナンは思《おも》わず肩《かた》をつかむ手《て》を緩《ゆる》めた。

「お姉《ねえ》ちゃんが殺《ころ》されたことや、組織《そしき》の一員《いちいん》となって毒薬《どくやく》を作《つく》っていたこと……みんな忘《わす》れて、ただの小学生《しょうがくせい》の灰原哀《はいばらあい》になれたら、どんなにいいか……」

コナンに背《せ》を向《む》けた灰原《はいばら》は前《まえ》を向《む》いたまま独《ひと》り言《ごと》のようにつぶやくと、

「そして、あなたとずっと……ずっと、このまま……」

コナンを振《ふ》り返《かえ》り、まっすぐ見《み》つめた。その真剣《しんけん》な表情《ひょうじょう》に、コナンはドキッとした。

(灰原《はいばら》……お前《まえ》……)

まさか、オレのこと——そう思《おも》った瞬間《しゅんかん》、灰原《はいばら》がフッと息《いき》をもらした。

「なーんてね。少《すこ》しは元気《げんき》出《で》た？」

ニッコリと笑《わら》う灰原《はいばら》に、コナンはずっこけそうになった。

ったく。人《ひと》をからかいやがって——コナンがフンとそっぽを向《む》いていると、

「はーい、おチビちゃん！」

背後《はいご》から声《こえ》をかけられた。振《ふ》り返《かえ》ると、アルバムを抱《かか》えた園子《そのこ》が歩《ある》いてきた。

「新《あたら》しいガールフレンド？」

と灰原《はいばら》を見《み》る。

(またうるせーのが来《き》た……)

コナンはハハ……と苦笑《にがわら》いした。

蘭《らん》は2階《かい》の事務所《じむしょ》の応接《おうせつ》セットで子《こ》どもたちにかき氷《ごおり》をふるまっていて、アルバムを持《も》ってきた園子《そのこ》は蘭《らん》の隣《となり》に座《すわ》り、アルバムの写真《しゃしん》を次々《つぎつぎ》と見《み》せていった。

「ほら。これが空手《からて》の都大会《とたいかい》で優勝《ゆうしょう》したときの写真《しゃしん》よ。覚《おぼ》えてない？」

園子《そのこ》が指差《ゆびさ》したのは、優勝《ゆうしょう》トロフィーと賞状《しょうじょう》を持《も》った蘭《らん》が園子《そのこ》と笑顔《えがお》で写《うつ》っている写真《しゃしん》だった。

「ううん」

首《くび》を横《よこ》に振《ふ》った蘭《らん》は、アルバムをめくった。制服姿《せいふくすがた》の蘭《らん》と園子《そのこ》、そして新一《しんいち》が写《うつ》った写《しゃ》真《しん》が目《め》に飛《と》び込《こ》む。

「この人《ひと》……」

「ああ、工藤君《くどうくん》ね。アンタのダンナ♡」

(ダンナじゃねぇって)

かき氷《ごおり》を食《た》べる灰原《はいばら》の横《よこ》に立《た》っていたコナンは、心《こころ》の中《なか》で突《つ》っ込《こ》んだ。すると、蘭《らん》は新《しん》一《いち》の写真《しゃしん》をじっと見《み》つめた。その穏《おだ》やかな表情《ひょうじょう》に、灰原《はいばら》がハッとする。

「見覚《みおぼ》えあるみたいね」

コナンと園子《そのこ》は、えっと驚《おどろ》いた。

「ホント!?　蘭姉《らんねえ》ちゃん！」

コナンがたずねると、蘭《らん》は首《くび》を横《よこ》に振《ふ》った。

「ううん。でも……」

「でも？」

園子《そのこ》が訊《き》く。

「……何《なん》だか、すごくなつかしい気持《きも》ちがするの。どうしてだかわからないけど……」

蘭《らん》の言葉《ことば》に、コナンは大《おお》きく目《め》を見開《みひら》いた。

もしかして、蘭《らん》は心《こころ》のどこかで、オレのことを覚《おぼ》えている……？

「ねえ。新一《しんいち》さんに会《あ》えば思《おも》い出《だ》すんじゃない？」

歩美《あゆみ》が言《い》うと、元太《げんた》も「そうだよ。連《つ》れてこいよ！」と続《つづ》いた。

「それができれば苦労《くろう》しないの！」

園子《そのこ》がピシャリと言《い》うそばで、コナンはうつむいた。

「そういえば、高校生探偵《こうこうせいたんてい》で全国《ぜんこく》の難事件《なんじけん》を解決《かいけつ》してるんでしたね？」

光彦《みつひこ》の言葉《ことば》に、園子《そのこ》が「ったく、アイツ」と腕《うで》を組《く》む。

「蘭《らん》が大変《たいへん》だってのに、一体《いったい》どこほっつき歩《ある》いてんだか……」

コナンはみんなから離《はな》れ、窓際《まどぎわ》に立《た》って外《そと》を見《み》た。険《けわ》しい顔《かお》つきをした自分《じぶん》が窓《まど》に映《うつ》る。

園子《そのこ》の言《い》うとおりだ――コナンは自分《じぶん》のふがいなさに唇《くちびる》を噛《か》んだ。

こんなときに、新一《しんいち》として蘭《らん》のそばにいてやれないなんて。声《こえ》をかけてやれないなんて……。

コナンは今日《きょう》ほど小《ちい》さくなった自分《じぶん》を恨《うら》んだことはなかった。


夜《よる》になり、毛利邸《もうりてい》がある通《とお》りは等間隔《とうかんかく》に置《お》かれた外灯《がいとう》に照《て》らされた。一階《いっかい》の喫茶《きっさ》ポアロや隣《となり》のいろは寿《ず》しは明《あ》かりが点《つ》いているものの、人通《ひとどお》りはなく、千葉刑事《ちばけいじ》が乗《の》った車《くるま》が路《ろ》肩《かた》に停《と》まっているだけだ。

そこに、一人《ひとり》の男《おとこ》が現《あらわ》れた。友成真《ともなりまこと》だ。

真《まこと》は毛利邸《もうりてい》の手前《てまえ》で立《た》ち止《ど》まると、建物《たてもの》を見上《みあ》げた。2階《かい》の事務所《じむしょ》は暗《くら》いが、3階《がい》は明《あ》かりが点《つ》いている――。

ふと目《め》の前《まえ》に停《と》まっている車《くるま》を見《み》て、真《まこと》はハッと息《いき》をのんだ。運転席《うんてんせき》でサンドイッチを食《た》べている男《おとこ》には見覚《みおぼ》えがある。刑事《けいじ》だ。

真《まこと》は上着《うわぎ》の襟《えり》で顔《かお》を隠《かく》すと、クルリと後《うし》ろを向《む》いて足早《あしばや》に去《さ》っていった。

その頃《ころ》。自分《じぶん》の部屋《へや》で机《つくえ》に向《む》かっていた蘭《らん》は、写真立《しゃしんた》てを手《て》に取《と》り、新一《しんいち》と一緒《いっしょ》に写《うつ》った写真《しゃしん》をじっと見《み》つめていた。

コンコンとドアをノックする音《おと》がして、「はい」と答《こた》える。

「蘭姉《らんねえ》ちゃん。お風呂《ふろ》空《あ》いたよ」

ドアを開《あ》けたのは、パジャマ姿《すがた》で首《くび》にタオルを掛《か》けたコナンだった。

「ありがとう。――ねぇ、コナン君《くん》？　工藤新一《くどうしんいち》ってどんな人《ひと》？」

「え？　どんな人《ひと》って……」

突然《とつぜん》訊《き》かれて、コナンはとまどった。

何《なん》て言《い》えばいいんだろう。幼《おさな》なじみで高校生探偵《こうこうせいたんてい》をやっているのは園子《そのこ》たちから聞《き》いているし、蘭《らん》が知《し》りたいのはたぶんそういうことではなくて、もっと内面的《ないめんてき》なことだろう。

「た、たぶん……蘭姉《らんねえ》ちゃんのこと、一番《いちばん》に考《かんが》えていて……でも、そういう気持《きも》ち、素直《すなお》に言《い》えない人《ひと》だと思《おも》うんだ……」

コナンが首《くび》に掛《か》けたタオルを握《にぎ》りながら恥《は》ずかしそうに言《い》うと、蘭《らん》は微《かす》かに笑《え》みを浮《う》かべて上《うえ》を向《む》いた。

「……会《あ》ってみたいな。その人《ひと》に……」

「え……」

コナンが蘭《らん》の反応《はんのう》に驚《おどろ》いていると、英理《えり》がやってきた。

「ねえ、蘭《らん》。明日《あした》、銀座《ぎんざ》に行《い》かない？」

「え？」

「どうもあの人《ひと》といるとイライラしちゃって。パァーッと買《か》い物《もの》でもしてうさを晴《は》らしましょう！　コナン君《くん》も♪」

コナンは「うん」とうなずいた。

家《いえ》にいるより外《そと》に出《で》かけた方《ほう》が、蘭《らん》にとってもいい気分転換《きぶんてんかん》になる気《き》がした。

6

翌日《よくじつ》。

銀座《ぎんざ》に出《で》かけることになった蘭《らん》は、英理《えり》やコナンと一緒《いっしょ》に米花駅《べいかえき》に来《き》ていた。ホームで電車《でんしゃ》を待《ま》つ三人《さんにん》のそばには警護役《けいごやく》の高木《たかぎ》がいて、さりげなく周囲《しゅうい》を見回《みまわ》している。

すると反対側《はんたいがわ》のホームに電車《でんしゃ》が到着《とうちゃく》して、開《ひら》いたドアから大勢《おおぜい》の乗客《じょうきゃく》が降《お》りてきた。若《わか》い女性《じょせい》が後《うし》ろの男性《だんせい》の荷物《にもつ》に押《お》されて、高木《たかぎ》の前《まえ》に倒《たお》れ込《こ》んでくる。

「大丈夫《だいじょうぶ》ですか⁉」

とっさに女性《じょせい》の体《からだ》を受《う》け止《と》めた瞬間《しゅんかん》——高木《たかぎ》の脳裏《のうり》に、佐藤《さとう》が撃《う》たれたときの光景《こうけい》が浮《う》かんだ。ジャケットを真《ま》っ赤《か》に染《そ》めた佐藤《さとう》を抱《だ》き起《お》こしたときの感触《かんしょく》がよみがえる。

「どうもすみません」

女性《じょせい》は呆然《ぼうぜん》と立《た》ち尽《つ》くす高木《たかぎ》を怪訝《けげん》そうに見《み》ながら、去《さ》っていった。

「くそっ……！」

高木《たかぎ》はうつむいて、佐藤《さとう》の感触《かんしょく》が残《のこ》る手《て》をギュッと握《にぎ》った。

そのとき、蘭《らん》たちが待《ま》つホームに電車《でんしゃ》が近《ちか》づいてきた。

「来《き》たわよ」

英理《えり》に言《い》われて、蘭《らん》が電車《でんしゃ》を見《み》ようと少《すこ》し前《まえ》のめりになったとき――誰《だれ》かが蘭《らん》の背中《せなか》を押《お》した。

「あ……！」

押《お》し出《だ》された蘭《らん》はホームを飛《と》び出《だ》し、線路《せんろ》に転落《てんらく》した。電車《でんしゃ》がブレーキ音《おん》を鳴《な》らしながら迫《せま》ってくる――！

「蘭《らん》!!」

コナンはすぐさま線路《せんろ》に飛《と》び下《お》りた。蘭《らん》を抱《だ》き起《お》こし、ホームの下《した》にある退避《たいひ》スペースに倒《たお》れるように飛《と》び込《こ》む。電車《でんしゃ》の大《おお》きな車輪《しゃりん》が蘭《らん》たちのすぐ横《よこ》を通過《つうか》して止《と》まった。

英理《えり》から蘭《らん》が線路《せんろ》に転落《てんらく》したと聞《き》いた小五郎《こごろう》は、蘭《らん》が運《はこ》ばれた米花薬師野病院《べいかやくしのびょういん》にタクシーで駆《か》けつけた。

「蘭《らん》！」

病室《びょうしつ》に駆《か》け込《こ》んできた小五郎《こごろう》に、英理《えり》は「しっ」と口《くち》に指《ゆび》を当《あ》てた。

「今《いま》、鎮静剤《ちんせいざい》を打《う》ってもらったとこ」

「蘭《らん》は無事《ぶじ》か⁉」

英理《えり》は黙《だま》ってうなずいた。

「幸《さいわ》いかすり傷程度《きずていど》よ」

ベッドで眠《ねむ》っている蘭《らん》のそばには、主治医《しゅじい》の風戸《かざと》が座《すわ》っていた。

「……ですが、このことがきっかけで、記憶《きおく》を取《と》り戻《もど》すのを怖《こわ》がるようになるのが心配《しんぱい》ですね」

小五郎《こごろう》は目暮《めぐれ》のそばで申《もう》し訳《わけ》なさそうに立《た》っている高木《たかぎ》をにらみつけた。

「高木《たかぎ》っ。お前《まえ》、どこに目《め》をつけていたんだ！」

「すみません……！」

高木《たかぎ》が深々《ふかぶか》と頭《あたま》を下《さ》げると、目暮《めぐれ》が「しかし」と口《くち》を開《ひら》いた。

「これではっきりしたな。蘭君《らんくん》は佐藤君《さとうくん》が撃《う》たれたとき、犯人《はんにん》の顔《かお》を見《み》ているということがな」

線路《せんろ》から救出《きゅうしゅつ》された蘭《らん》は、ホームで誰《だれ》かに背中《せなか》を押《お》されたと証言《しょうげん》した。蘭《らん》の背中《せなか》を押《お》したのは、佐藤《さとう》を撃《う》った犯人《はんにん》だろう。犯人《はんにん》は顔《かお》を見《み》られた蘭《らん》の命《いのち》を狙《ねら》っているのだ。

「いいか。何《なに》が何《なん》でも蘭君《らんくん》を守《まも》り抜《ぬ》くんだ」

「はい！」

高木《たかぎ》が背筋《せすじ》を伸《の》ばして答《こた》えるそばで、コナンは険《けわ》しい表情《ひょうじょう》で蘭《らん》の寝顔《ねがお》を見《み》つめた。

(守《まも》るだけじゃダメだ。こっちから攻《せ》めないと……！)


一刻《いっこく》も早《はや》く犯人《はんにん》を捕《つか》まえなければ蘭《らん》の命《いのち》が危《あぶ》ない——そう思《おも》ったコナンは、佐藤《さとう》が撃《う》たれた現場《げんば》である米花《べいか》サンプラザホテルを訪《おとず》れた。エレベーターで宴会会場《えんかいかいじょう》がある15階《かい》に上《あ》がり、ロビーを歩《ある》いていく。

(あのとき、ホテルに残《のこ》っていた人《ひと》たちは全員《ぜんいん》、硝煙反応《しょうえんはんのう》が出《で》なかった。硝煙反応《しょうえんはんのう》を出《だ》さずに拳銃《けんじゅう》を撃《う》つのは本当《ほんとう》に無理《むり》なんだろうか……?)

考《かんが》えにふけながら歩《ある》いていたコナンの目《め》に、ふとクローク横《よこ》の傘立《かさた》てが目《め》に入《はい》った。

(待《ま》てよ!)

足《あし》を止《と》めて空《から》になった傘置《かさお》き場《ば》を振《ふ》り返《かえ》ったコナンは、事件当日《じけんとうじつ》の傘立《かさた》てを思《おも》い浮《う》かべた。

あの日《ひ》は晴《は》れていたのに、なぜかビニール傘《がさ》が一本《いっぽん》だけ置《お》かれていたので、印象《いんしょう》に残《のこ》っている。

(確《たし》かあのとき、傘《かさ》のボタンは留《と》めてあった……)

ボタンが留《と》められたビニール傘《がさ》は、カードロック式《しき》の傘立《かさた》ての下段中央付近《げだんちゅうおうふきん》に掛《か》けられていた。けれど、事件《じけん》の後《あと》はボタンが外《はず》れ、しかも違《ちが》う位置《いち》に置《お》かれていたのだ。

(それに、蘭《らん》が退院《たいいん》したとき……)

コナンは自宅《じたく》の前《まえ》に停《と》められたタクシーから降《お》りようとする蘭《らん》を思《おも》い浮《う》かべた。あのとき、ドアの前《まえ》で英理《えり》が傘《かさ》を開《ひら》いて待《ま》っていると、蘭《らん》は突然怯《とつぜんおび》え出《だ》して座席《ざせき》に引《ひ》っ込《こ》んだ。

足元《あしもと》の水《みず》たまりが事件《じけん》を思《おも》い出《だ》させるから嫌《いや》なんだろうと、小五郎《こごろう》は言《い》っていたが……。

(もしかして……!)

何《なに》かを思《おも》いついたコナンはクロークに戻《もど》り、傘置《かさお》き場《ば》に置《お》いてあったビニール傘《がさ》の事《こと》を女性《じょせい》スタッフにたずねた。

「え？　あの傘《かさ》、ボウヤのだったの？」

「今《いま》どこにあるか知《し》ってる？」

コナンが訊《き》くと、女性《じょせい》スタッフは「ごめんなさい」と申《もう》し訳《わけ》なさそうな顔《かお》をした。

「穴《あな》が開《あ》いてたし、お姉《ねえ》さん捨《す》てちゃった」

「えー」

(だよなぁ。今頃《いまごろ》じゃあ……)

コナンはがっくりとうなだれた。すると、女性《じょせい》スタッフはクロークの奥《おく》へ入《はい》っていき、一本《いっぽん》のビニール傘《がさ》をコナンに差《さ》し出《だ》した。

「っていうのはウソ。ちゃんと取《と》っといたわよ」

ウフッと得意《とくい》げに笑《わら》ってウインクする女性《じょせい》スタッフに、コナンは（おいおい）と心《こころ》の中《なか》で突《つ》っ込《こ》んだ。

「ありがと！」

ビニール傘《がさ》を受《う》け取《と》ったコナンは傘立《かさた》ての前《まえ》に戻《もど》り、ビニール傘《がさ》を広《ひろ》げた。

（やっぱりそうだ……！）

広《ひろ》げた透明《とうめい》のビニール傘《がさ》を見《み》たコナンはニヤリと笑《え》みを浮《う》かべた。

（見《み》つけたぞ。硝煙反応《しょうえんはんのう》を出《だ》さずに拳銃《けんじゅう》を撃《う》つ方法《ほうほう》を！　これで友成真《ともなりまこと》さんや仁野環《じんのたまき》さんだけでなく、敏也《としや》さん……いや、パーティに来《き》ていた全員《ぜんいん》が容疑者《ようぎしゃ》だ……！）

米花《べいか》サンプラザホテルを後《あと》にしたコナンは、繁華街《はんかがい》に来《き》ていた。通《とお》りから一歩《いっぽ》入《はい》ったところにある建物《たてもの》の前《まえ》で立《た》ち止《ど》まると、ズボンのポケットから情報誌《じょうほうし》を取《と》り出《だ》す。

（ここだ……！）

地下《ちか》に下《お》りる階段《かいだん》の上《うえ》に掲《かか》げられた『Ｏ《オー》－ｚｙ《ゼットワイ》』という看板《かんばん》を見《み》たコナンは、階段《かいだん》を下《お》りていった。

階段下《かいだんした》の重《おも》い扉《とびら》を開《あ》けると、ギターやドラムの爆音《ばくおん》が飛《と》び込《こ》んできた。

そこはライブハウスだった。狭《せま》い会場《かいじょう》には観客《かんきゃく》がひしめき、ステージではバンドメンバーが弾《ひ》き出《だ》す爆音《ばくおん》をバックに小田切敏也《おだぎりとしや》が歌《うた》っている。

コナンは低《ひく》い階段《かいだん》を上《あ》がり、会場後方《かいじょうこうほう》にある柵《さく》に手《て》を掛《か》けてステージを見《み》つめた。会場《かいじょう》内《ない》ではダイブする者《もの》まで現《あらわ》れ、最高潮《さいこうちょう》に盛《も》り上《あ》がっている。

そんな中《なか》、会場《かいじょう》の後《うし》ろで壁《かべ》にもたれてステージを冷《ひ》ややかに見《み》ている女性《じょせい》がいた。

仁野環《じんのたまき》だ。

どうしてこんなところに彼女《かのじょ》が——驚《おどろ》いたコナンは、ステージを振《ふ》り返《かえ》った。

環《たまき》の冷《ひ》ややかな視線《しせん》は、ステージで歌《うた》う敏也《としや》に注《そそ》がれている。

(そうか。環《たまき》さんがパーティ会場《かいじょう》にいたのは、敏也《としや》さんを尾行《びこう》していたからなんだ!)

コナンが気《き》づいたと同時《どうじ》に、ステージに立《た》つ敏也《としや》が持《も》っていたピックをギターの弦《げん》に強《つよ》く押《お》し付《つ》けた。ギュイー———ンと不快《ふかい》な音《おと》が会場《かいじょう》に響《ひび》き、弦《げん》がブチッと切《き》れる。

「テメェ! 何《なん》で毎日毎日《まいにちまいにち》オレを付《つ》け回《まわ》すんだよ!!」

敏也《としや》がマイクに向《む》かって怒鳴《どな》った。観客《かんきゃく》たちは敏也《としや》の視線《しせん》の先《さき》をたどるように会場後方《かいじょうこうほう》を一斉《いっせい》に振《ふ》り返《かえ》る。

「……気《き》になる？」

視線《しせん》の先《さき》に立《た》っていた環《たまき》が顔《かお》を上《あ》げ、ステージに立《た》つ敏也《としや》をまっすぐ見《み》た。

「何《なに》？」

敏也《としや》が眉《まゆ》をひそめると、環《たまき》はスッと右腕《みぎうで》を伸《の》ばして敏也《としや》を指差《ゆびさ》した。

「アンタが射殺《しゃさつ》した二人《ふたり》の刑事《けいじ》の代《か》わりに、私《わたし》がアンタの殺人《さつじん》の証拠《しょうこ》を見《み》つけてやる!!」

環《たまき》はそれだけ言《い》うと、扉《とびら》に向《む》かった。扉《とびら》を開《あ》ける際《さい》にステージを振《ふ》り返《かえ》り、意味《いみ》ありげな笑《え》みを浮《う》かべたかと思《おも》うと、静《しず》まり返《かえ》った会場《かいじょう》を後《あと》にした。

「おとりになるつもり？」

環《たまき》に続《つづ》いてライブハウスを出《で》てきたコナンは、階段《かいだん》を上《あ》がった環《たまき》に声《こえ》をかけた。

「お姉《ねえ》さん、仁野保《じんのたもつ》さんの妹《いもうと》の環《たまき》さんだよね？」

いきなり自分《じぶん》の名前《なまえ》を言《い》われて、振《ふ》り返《かえ》った環《たまき》は「え？」と目《め》を見開《みひら》いた。

「一年前《いちねんまえ》……お兄《にい》さんと口論《こうろん》していた相手《あいて》が小田切敏也《おだぎりとしや》さんで、父親《ちちおや》が警視長《けいしちょう》のため事情《じじょう》聴取《ちょうしゅ》もされなかったことを突《つ》き止《と》めたんでしょ？」

環《たまき》は驚《おどろ》いた。自分《じぶん》の名前《なまえ》どころかそんな事情《じじょう》まで知《し》っているなんて、この子《こ》どもは何者《なにもの》なのか――。

「ボウヤ、一体《いったい》……」

「江戸川《えどがわ》コナン。探偵《たんてい》さ」

コナンは大人《おとな》びた笑《え》みを浮《う》かべて環《たまき》を見《み》た。

「探偵《たんてい》……？」

「もし、環《たまき》さんがお兄《にい》さんのことを本当《ほんとう》は好《す》きだったとしたら、お兄《にい》さんを自殺《じさつ》として処《しょ》理《り》した刑事《けいじ》さん三人《さんにん》を恨《うら》んだかもしれないね」

コナンの言葉《ことば》に、環《たまき》は顔《かお》をゆがめ眉《まゆ》をピクピクと動《うご》かした。そして腕《うで》を組《く》んでフンとそっぽを向《む》く。

「大《だい》っ嫌《きら》いよ、兄《あに》なんて。事件《じけん》のことを調《しら》べているのは、ただ真実《しんじつ》が知《し》りたいからよ」

「だったら一《いち》か八《ばち》か、敵《てき》の本拠地《ほんきょち》に乗《の》り込《こ》んでみようよ」

「え……？」

環《たまき》は驚《おどろ》いてコナンを見《み》た。


夕方《ゆうがた》。コナンと環《たまき》は小田切敏郎《おだぎりとしろう》の家《いえ》を訪《たず》ねた。高《たか》い塀《へい》に囲《かこ》まれた立派《りっぱ》な日本家屋《にほんかおく》で、二人《ふたり》を迎《むか》え入《い》れた家政婦《かせいふ》は廊下《ろうか》を通《とお》り、小田切《おだぎり》がいる中庭《なかにわ》へと案内《あんない》した。

ヒグラシが鳴《な》く中庭《なかにわ》では、袴姿《はかますがた》の小田切《おだぎり》が立《た》っていた。腰《こし》に日本刀《にほんとう》を差《さ》し、小田切《おだぎり》の前《まえ》には竹《たけ》に刺《さ》さった巻《ま》き藁《わら》がある。

（居合《いあ》いの試《ため》し斬《ぎ》りだ）

コナンが気《き》づいたと同時《どうじ》に、小田切《おだぎり》は日本刀《にほんとう》を抜《ぬ》いた。

「エイッ、ヤッ、エイヤー！」

掛《か》け声《ごえ》と共《とも》に巻《ま》き藁《わら》が鮮《あざ》やかに切《き》り落《お》とされていく。

（スッゲエ……！）

その見事《みごと》な太刀《たち》さばきに、コナンは思《おも》わずうなった。すると、

「仁野環《じんのたまき》さんですね」

日本刀《にほんとう》を鞘《さや》におさめた小田切《おだぎり》が環《たまき》を見《み》た。

「あなたにお渡《わた》ししたい物《もの》があります」

「私《わたし》に……？」

突然《とつぜん》の申《もう》し出《で》に、環《たまき》はとまどいの表情《ひょうじょう》を見《み》せた。


応接間《おうせつま》に通《とお》されたコナンと環《たまき》は、並《なら》んでソファに座《すわ》った。

「一ヶ月前《いっかげつまえ》、息子《むすこ》の敏也《としや》の部屋《へや》で見《み》つけました」

コナンたちの正面《しょうめん》に腰掛《こしか》けた小田切《おだぎり》はそう言《い》って、テーブルに持《も》っていた物《もの》を置《お》いた。

それは金属製《きんぞくせい》のライターで、下部《かぶ》に文字《もじ》が刻印《こくいん》されていた。

「〈T《ティー》．JINNO《ジンノ》〉……」

ライターを手《て》にした環《たまき》は刻印《こくいん》された文字《もじ》を読《よ》み上《あ》げた。

「兄《あに》のですか……？」

環《たまき》の問《と》いに、小田切《おだぎり》は「そうです」と静《しず》かに答《こた》えた。

「その名前《なまえ》は……一年前《いちねんまえ》、心臓発作《しんぞうほっさ》で急死《きゅうし》した友成警部《ともなりけいぶ》が担当《たんとう》した最後《さいご》の事件《じけん》ということで、覚《おぼ》えていました。敏也《としや》を問《と》い詰《つ》めると、仁野保《じんのたもつ》さんが薬《くすり》を横流《よこなが》ししているのを知《し》って、金《かね》と共《とも》に脅《おど》し取《と》ったと白状《はくじょう》したんです」

小田切《おだぎり》は一息《ひといき》ついて、ソファに背《せ》を預《あず》けた。

「……だが、当時《とうじ》の捜査資料《そうさしりょう》には敏也《としや》のことは一言《ひとこと》も書《か》かれていなかった。だから私《わたし》は、奈良沢刑事《ならさわけいじ》にもう一度調《いちどしら》べ直《なお》すように命《めい》じました」

「え……再捜査《さいそうさ》を命《めい》じたのは、小田切《おだぎり》さん自身《じしん》だったんですか⁉」

意外《いがい》な事実《じじつ》に、環《たまき》は驚《おどろ》きを隠《かく》せなかった。てっきり小田切《おだぎり》が事実《じじつ》を隠蔽《いんぺい》した張本人《ちょうほんにん》だと思《おも》っていたのに、まさか再捜査《さいそうさ》を命《めい》じていたとは……。

「奈良沢刑事《ならさわけいじ》が射殺《しゃさつ》された今《いま》は、目暮警部《めぐれけいぶ》が引《ひ》き継《つ》いでいます」

小田切《おだぎり》が補足《ほそく》すると、コナンは挑発的《ちょうはつてき》な目《め》を小田切《おだぎり》に向《む》けた。

「もし再捜査《さいそうさ》が奈良沢刑事自身《ならさわけいじじしん》の意志《いし》だったとしたら、息子《むすこ》さんに捜査《そうさ》の手《て》が及《およ》ぶのを防《ふせ》ごうとしたのかもしれないね」

コナンの言葉《ことば》に、小田切《おだぎり》はフッと鼻《はな》で笑《わら》った。

「確《たし》かに、私《わたし》にも三人《さんにん》を殺害《さつがい》しようとする動機《どうき》はあるわけだ」

「ねぇ、真実《しんじつ》を明《あき》らかにするつもりがあるなら、捜査資料《そうさしりょう》を見《み》せてよ」

「それはできん！」

小田切《おだぎり》はぴしゃりと一蹴《いっしゅう》した。

「真実《しんじつ》を明《あき》らかにするのは、我々警察《われわれけいさつ》の仕事《しごと》だ」

とりつくしまもない小田切《おだぎり》の表情《ひょうじょう》を見《み》て、コナンは眉根《まゆね》を寄《よ》せた。


その頃《ころ》。蘭《らん》はお見舞《みま》いに来《き》てくれた園子《そのこ》と病院《びょういん》の談話室《だんわしつ》にいた。

病院《びょういん》の最上階《さいじょうかい》にある談話室《だんわしつ》からはビルの合間《あいま》に沈《しず》む夕日《ゆうひ》が見《み》え、二人《ふたり》は窓際《まどぎわ》のソファにテーブルをはさんで座《すわ》っていた。その近《ちか》くでは、千葉刑事《ちばけいじ》が周囲《しゅうい》の患者《かんじゃ》に怪《あや》しまれないように雑誌《ざっし》とジュースを片手《かたて》に二人《ふたり》を見守《みまも》っている。

「でもほんとケガがなくてよかった」

「ありがとう。先生《せんせい》ももう退院《たいいん》していいって」

蘭《らん》は自分《じぶん》を心配《しんぱい》してくれた園子《そのこ》に微笑《ほほえ》むと、「……ねぇ、園子《そのこ》さん」と遠慮《えんりょ》がちに口《くち》を開《ひら》いた。

「やだぁ。園子《そのこ》でいいって！」

「……コナン君《くん》って、どういう子《こ》なの？」

「え？」

突拍子《とっぴょうし》もない質問《しつもん》に、園子《そのこ》は思《おも》わず前《まえ》のめりになった。

「わたしのこと、命《いのち》がけで助《たす》けてくれたりして……」

「そうねぇ」

園子《そのこ》はあごに手《て》を当《あ》てて考《かんが》え込《こ》んだ。

「子《こ》どものわりには機転《きてん》が利《き》くというか、勘《かん》がいいというか……不思議《ふしぎ》な子《こ》。まぁわたしに言《い》わせれば、ただの生意気《なまいき》なガキンチョだけどね」

「そう……」

蘭《らん》はふと園子《そのこ》の肩越《かたご》しにテレビを見《み》た。ニュース番組《ばんぐみ》だろうか。女性《じょせい》リポーターがお城《しろ》のような建物《たてもの》の前《まえ》で中継《ちゅうけい》をしている。

その建物《たてもの》を見《み》て、蘭《らん》はハッと立《た》ち上《あ》がった。

「わたし……あそこ知《し》ってる……！」

園子《そのこ》は驚《おどろ》いてテレビを振《ふ》り返《かえ》った。テレビに映《うつ》っているのは、トロピカルランド内《ない》にあるトロピカル城《じょう》だ。

でもどうして蘭《らん》はトロピカルランドのことなんて覚《おぼ》えているんだろう——不思議《ふしぎ》に思《おも》った園子《そのこ》は、すぐにその理由《りゆう》に気《き》づいた。

「そうだよ！　アンタ、新一君《しんいちくん》と二人《ふたり》で行《い》ったんだよ！」

園子《そのこ》は蘭《らん》を連《つ》れて病室《びょうしつ》に戻《もど》り、小五郎《こごろう》と英理《えり》に談話室《だんわしつ》でのことを話《はな》した。すると小五郎《こごろう》たちはすぐに主治医《しゅじい》の風戸《かざと》を呼《よ》んだ。

「なるほど。蘭《らん》さんの記憶《きおく》はかなり戻《もど》りかけていますね」

診察室《しんさつしつ》で蘭《らん》を診《み》た風戸《かざと》が言《い》うと、ソファに座《すわ》っていた小五郎《こごろう》は「先生《せんせい》！」と叫《さけ》んで立《た》ち上《あ》がった。

「実際《じっさい》にトロピカルランドに行《い》けば、記憶《きおく》が戻《もど》るんじゃないっすか!?」

「うーん……確《たし》かにその可能性《かのうせい》はあります」

「わたし、明日《あした》行《い》ってみます」

蘭《らん》のそばで付《つ》き添《そ》っていた英理《えり》が「待《ま》って」と止《と》めた。

「私《わたし》は反対《はんたい》。また犯人《はんにん》に命《いのち》を狙《ねら》われるかもしれないし、事件《じけん》のことを思《おも》い出《だ》せば、あなた苦《くる》しむことになるのよ」

英理《えり》の言葉《ことば》に、蘭《らん》は小《ち》さくうなずいた。

「……正直言《しょうじきい》って、わたしも事件《じけん》のことを思《おも》い出《だ》すのは怖《こわ》いんです。でも、このままじゃいけないと思《おも》うの。わたしの方《ほう》から一歩《いっぽ》踏《ふ》み出《だ》さないと……！」

「蘭《らん》……」

二人《ふたり》の間《あいだ》に張《は》り詰《つ》めた空気《くうき》が漂《ただよ》うと、風戸《かざと》が「いやあ、蘭《らん》さんは勇気《ゆうき》ありますねぇ」と明《あか》るい口調《くちょう》で言《い》った。

「その気持《きも》ちがあれば、トロピカルランドに行《い》っても大丈夫《だいじょうぶ》でしょう」

「それじゃあ……せめて明後日《あさって》にしない？　明日《あした》はどうしても抜《ぬ》けられない用事《ようじ》が……」

英理《えり》の言葉《ことば》に、小五郎《こごろう》が「心配《しんぱい》するな」と自分《じぶん》を指差《ゆびさ》した。

「俺《おれ》が付《つ》いていく。俺《おれ》が命《いのち》をかけても蘭《らん》を守《まも》る！」

「あなた……」

英理《えり》が小五郎《こごろう》を頼《たの》もしく思《おも》っていると、園子《そのこ》もソファから立《た》ち上《あ》がった。

「蘭《らん》。わたしも行《い》くわ」

「ありがとう……でも、コナン君《くん》には内緒《ないしょ》にして」

「え？」

蘭《らん》の言葉《ことば》に、三人《さんにん》は目《め》を丸《まる》くした。

「あの子《こ》に言《い》えば、必《かなら》ず付《つ》いてくると思《おも》うし……あの子《こ》、もう二度《にど》と危険《きけん》な目《め》に遭《あ》わせたくないの」

「……わかった」

小五郎《こごろう》は静《しず》かにうなずいた。

小田切《おだぎり》の家《いえ》を後《あと》にしたコナンと環《たまき》は、二人並《ふたりなら》んでタクシーの後部座席《こうぶざせき》に乗《の》った。

「すっかり遅《おそ》くなっちゃったね」

「うん」

コナンが窓《まど》から暗《くら》くなった外《そと》を見《み》ていると、環《たまき》は「コナン君《くん》」と呼《よ》んだ。

「捜査資料《そうさしりょう》が見《み》たいなら、私《わたし》コピー持《も》ってるわよ」

「ホント⁉」

コナンが驚《おどろ》いて身《み》を乗《の》り出《だ》すと、環《たまき》は得意《とくい》げに顔《かお》の前《まえ》で人差《ひとさ》し指《ゆび》を振《ふ》ってみせた。

「これでもルポライターですからね。アパートにあるから明日《あした》見《み》せてあげる」

「うん！」

環《たまき》の意外《いがい》な申《もう》し出《で》に、コナンは笑顔《えがお》でうなずいた。

7

翌日《よくじつ》。

環《たまき》に捜査資料《そうさしりょう》を見《み》せてもらう約束《やくそく》をしていたコナンは、スケボーを片手《かたて》に家《いえ》を出《で》た。

「行《い》ってきまーす！」

元気《げんき》に歩道《ほどう》を駆《か》けていくコナンの姿《すがた》を、探偵事務所《たんていじむしょ》にいた園子《そのこ》は窓《まど》から確認《かくにん》した。

「行《い》った行《い》った。何《なん》にも知《し》らないで」

「さ、俺《おれ》たちも出《で》かけるか」

小五郎《こごろう》はそう言《い》うと探偵事務所《たんていじむしょ》を出《で》て、道路脇《どうろわき》に停《と》まっている高木《たかぎ》の車《くるま》に向《む》かった。蘭《らん》と園子《そのこ》を後部座席《こうぶざせき》に乗《の》せ、自分《じぶん》も助手席《じょしゅせき》に座《すわ》る。

高木《たかぎ》の車《くるま》からやや離《はな》れたところには、阿笠博士《あがさはかせ》のビートルが停《と》まっていた。

「やった！　蘭《らん》お姉《ねえ》さん、出《で》かけるわ！」

「朝《あさ》から張《は》り込《こ》んでいた甲斐《かい》がありましたね」

蘭《らん》たちが車《くるま》に乗《の》り込《こ》むのを見《み》て、ビートルの後部座席《こうぶざせき》に座《すわ》っていた歩美《あゆみ》と光彦《みつひこ》が嬉《うれ》しそうに微笑《ほほえ》む。

「江戸川君《えどがわくん》は知《し》らされてないのかしら」

助手席《じょしゅせき》の灰原《はいばら》は不審《ふしん》に思《おも》った。蘭《らん》が出《で》かけることを知《し》っていたら、何《なに》よりも優先《ゆうせん》して付《つ》いていくはずなのに、コナンは一人《ひとり》でどこかへ出《で》かけてしまったのだ。

「たまにはいいさ。アイツいつも抜《ぬ》け駆《が》けしてっから」

後部座席《こうぶざせき》の元太《げんた》がせせら笑《わら》い、運転席《うんてんせき》の阿笠博士《あがさはかせ》は「いいかね」と後《うし》ろを振《ふ》り返《かえ》った。

「危《あぶ》ないことはなしじゃよ」

高木《たかぎ》の車《くるま》がウインカーを出《だ》して発進《はっしん》すると、ビートルも後《あと》を追《お》うように進《すす》み出《だ》した。

二台《にだい》の車《くるま》が走《はし》っていくと、突然《とつぜん》、建物《たてもの》の影《かげ》から一人《ひとり》の男《おとこ》が道路《どうろ》に飛《と》び出《だ》した。それは友《とも》成真《なりまこと》だった。

真《まこと》は手《て》を上《あ》げて後《うし》ろから走《はし》ってきたタクシーを停《と》め、すばやく後部座席《こうぶざせき》に乗《の》り込《こ》んだ。

「前《まえ》の車《くるま》を追《お》ってくれ！」

運転手《うんてんしゅ》は驚《おどろ》くことなく慣《な》れた様子《ようす》ですぐに車《くるま》を走《はし》らせた。


環《たまき》と落《お》ち合《あ》ったコナンは、カフェに入《はい》り向《む》かい合《あ》わせに座《すわ》った。ジュースとコーヒーを注文《ちゅうもん》した環《たまき》は、バッグから捜査資料《そうさしりょう》のコピーを出《だ》してコナンに見《み》せた。

「どう？　何《なに》かわかった？　探偵《たんてい》さん」

頬杖《ほおづえ》をついた環《たまき》が、熱心《ねっしん》に捜査資料《そうさしりょう》を見《み》ているコナンに話《はな》しかける。

コナンは芝刑事《しばけいじ》が警察手帳《けいさつてちょう》を握《にぎ》ってうつぶせに倒《たお》れている写真《しゃしん》に目《め》を留《と》めた。

「この芝刑事《しばけいじ》が握《にぎ》っている手帳《てちょう》……」

「手帳《てちょう》がどうかしたの？」

「胸《むね》ポケットから出《だ》したんだとしたら……普通《ふつう》、手帳《てちょう》の向《む》きは逆《ぎゃく》になるんじゃない？」

環《たまき》はコナンが持《も》っている捜査資料《そうさしりょう》を覗《のぞ》き込《こ》んだ。

倒《たお》れた芝刑事《しばけいじ》の写真《しゃしん》の隣《となり》には、手元《てもと》をアップにした写真《しゃしん》が並《なら》んでいて、握《にぎ》られた警察手《けいさつて》帳《ちょう》の表紙《ひょうし》にある『警視庁《けいしちょう》』の文字《もじ》は芝刑事《しばけいじ》の方《ほう》に向《む》いていた。

けれど、コナンは胸《むね》ポケットから出《だ》したら逆《さか》さまになると言《い》うのだ。

環《たまき》はテーブルに置《お》いていたメモ帳《ちょう》を手《て》に取《と》った。

「こう持《も》って、ポケットから出《だ》すと……ホントだ」

胸《むね》ポケットから出《だ》す真似《まね》をすると、コナンの言《い》うとおり、メモ帳《ちょう》は逆《さか》さまになった。驚《おどろ》く環《たまき》を前《まえ》に、コナンがニヤリと微笑《ほほえ》む。

「もしかしたら、手帳《てちょう》を抜《ぬ》いたのは芝刑事《しばけいじ》じゃなく、犯人《はんにん》かもしれないね」

「え！　な、なるほど……考《かんが》えられるわね」

コナンの鋭《するど》い推理《すいり》に驚《おどろ》いた環《たまき》は、テーブルに置《お》いた煙草《たばこ》の箱《はこ》に手《て》を伸《の》ばした。煙草《たばこ》を口《くち》にくわえてライターで火《ひ》を点《つ》ける。

「あれ……」

左手《ひだりて》でライターを持《も》つ環《たまき》を見《み》て、コナンは思《おも》わず声《こえ》を上《あ》げた。

「環《たまき》さんって右利《みぎき》きじゃなかったの？」

環《たまき》はライブハウスで敏也《としや》を殺人者《さつじんしゃ》呼《よ》ばわりしたとき、右手《みぎて》で敏也《としや》を指差《ゆびさ》していたはずだ。

それなのに——。

「え？」

コナンに訊《き》かれた環《たまき》は慌《あわ》てて横《よこ》を向《む》き、煙草《たばこ》の煙《けむり》をフーッと吐《は》き出《だ》した。

「あ……私《わたし》、元々《もともと》左利《ひだりき》きだったのを右利《みぎき》きに直《なお》したのよ。だから考《かんが》え事《ごと》しながら煙草《たばこ》を吸《す》うときや、とっさのときについ左手《ひだりて》を使《つか》っちゃうの」

（とっさのとき……そういえば、確《たし》かあのとき……）

あごに手《て》を当《あ》てて考《かんが》え込《こ》んだコナンの頭《あたま》に、ふとある人物《じんぶつ》の行動《こうどう》が思《おも》い浮《う》かんだ。

（待《ま》てよ。じゃあ、あれは……）

奈良沢刑事《ならさわけいじ》が死《し》に際《ぎわ》に左胸《ひだりむね》をつかんだのを思《おも》い出《だ》したコナンの脳裏《のうり》を、稲妻《いなずま》のような光《ひかり》が刺《さ》し貫《つらぬ》く。

（まさか！　あれはそういう意味《いみ》だったんじゃ……!!）

「ねぇ。お兄《にい》さんが勤《つと》めていたのって、東都大学付属病院《とうとだいがくふぞくびょういん》だったよね？」

ある考《かんが》えが脳裏《のうり》にひらめいてコナンがたずねると、環《たまき》は「そうだけど……」と煙草《たばこ》を灰《はい》皿《ざら》に押《お》し付《つ》けて火《ひ》を消《け》した。

「ごめん、コナン君《くん》。私《わたし》ちょっと行《い》くところあるんだ。今日《きょう》はこれで」

テーブルに置《お》かれた捜査資料《そうさしりょう》をバッグにしまうと、急《いそ》いで席《せき》を立《た》った。

コナンと一緒《いっしょ》に店《みせ》を出《で》た環《たまき》は、店《みせ》の前《まえ》でタクシーを拾《ひろ》って後部座席《こうぶざせき》に滑《すべ》り込《こ》んだ。

「じゃあね、コナン君《くん》」

コナンに手《て》を振《ふ》り、ドアが閉《し》まると、タクシードライバーに行《い》き先《さき》を告《つ》げる。

「トロピカルランドへ」

「はい」

スケボーを抱《かか》えたコナンは、険《けわ》しい表情《ひょうじょう》で環《たまき》が乗《の》るタクシーを見送《みおく》った。


快晴《かいせい》の休日《きゅうじつ》だけあってトロピカルランドには大勢《おおぜい》の客《きゃく》が訪《おとず》れていて、阿笠博士《あがさはかせ》や子《こ》どもらと合流《ごうりゅう》した蘭《らん》たちは、トロピカル城《じょう》の前《まえ》に来《き》ていた。

トロピカル城《じょう》の前《まえ》では何組《なんくみ》ものカップルや家族連《かぞくづ》れが城《しろ》をバックに写真《しゃしん》を撮《と》っていて、城《しろ》に架《か》かる石橋《いしばし》の前《まえ》で立《た》ち止《ど》まった蘭《らん》は、そびえ立《た》つトロピカル城《じょう》を見上《みあ》げた。

「わたし、ここ覚《おぼ》えてる……」

テレビで見《み》たときよりも、確信《かくしん》に近《ちか》いものがあった。なぜだかわからないけれど、確《たし》かにこの城《しろ》に見覚《みおぼ》えがある。

蘭《らん》の言葉《ことば》を聞《き》いて、小五郎《こごろう》はうむ、と腕《うで》を組《く》んだ。

「確《たし》か……新一《しんいち》のヤツ、お前《まえ》と来《き》たとき、ジェットコースター殺人事件《さつじんじけん》を解決《かいけつ》したんだったな」

「じゃあわたしたちも乗《の》ってみようよ！　もっと何《なに》かを思《おも》い出《だ》すかもしれない」

園子《そのこ》が提案《ていあん》すると、高木《たかぎ》は入場口《にゅうじょうぐち》で入手《にゅうしゅ》した園内《えんない》マップを開《ひら》いた。

海上《かいじょう》に浮《う》かぶトロピカルランドは『野生《やせい》と太古《たいこ》の島《しま》』『冒険《ぼうけん》と開拓《かいたく》の島《しま》』『怪奇《かいき》と幻想《げんそう》の島《しま》』『夢《ゆめ》とおとぎの島《しま》』『科学《かがく》と宇宙《うちゅう》の島《しま》』の五《いつ》つの島《しま》に分《わ》かれていた。トロピカル城《じょう》がある『夢《ゆめ》とおとぎの島《しま》』は正面《しょうめん》ゲートを入《はい》って最初《さいしょ》にある島《しま》で、他《ほか》の四《よっ》つの島《しま》と橋《はし》で繋《つな》がっている。

「えーと、ミステリーコースターは……隣《となり》の『怪奇《かいき》と幻想《げんそう》の島《しま》』ですね」

ミステリーコースター乗《の》り口《ぐち》に到着《とうちゃく》した蘭《らん》たちは、一列目《いちれつめ》と二列目《にれつめ》の位置《いち》に並《なら》んだ。

「蘭《らん》たちは前《まえ》だ」

戻《もど》ってきたコースターから客《きゃく》が降《お》りると、小五郎《こごろう》は蘭《らん》と園子《そのこ》に一列目《いちれつめ》に乗《の》るように促《うなが》した。

コースターの一列目《いちれつめ》に園子《そのこ》と乗《の》り込《こ》んだ蘭《らん》は、頭上《ずじょう》にあるセーフティガードのバーを下《さ》げた。そのとき——。

〝わかるか？〟

突然《とつぜん》、男《おとこ》の人《ひと》の声《こえ》がした。

〝コナン・ドイルはきっとこう言《い》いたかったんだ〟

驚《おどろ》いて隣《となり》の席《せき》を見《み》ると、写真《しゃしん》で見《み》た工藤新一《くどうしんいち》が座《すわ》っていた。蘭《らん》の方《ほう》をくるりと向《む》いて、満面《まんめん》の笑《え》みを浮《う》かべる。

蘭《らん》が驚《おどろ》いていると、すぐに新一《しんいち》の姿《すがた》は消《き》えて、不思議《ふしぎ》そうな顔《かお》をした園子《そのこ》が現《あらわ》れた。

「ううん。何《なん》でもない」

蘭《らん》は慌《あわ》てて首《くび》を横《よこ》に振《ふ》り、恥《は》ずかしそうに下《した》を向《む》いた。

蘭《らん》たちを乗《の》せたコースターは屋外《おくがい》に出《で》て、最初《さいしょ》の長《なが》い坂《さか》をカタカタと上《のぼ》っていった。

「あ！　蘭《らん》お姉《ねえ》さんたちだ！」

ミステリーコースターが見渡《みわた》せるところで立《た》っていた歩美《あゆみ》は、先頭《せんとう》に座《すわ》っている蘭《らん》たちを指差《ゆびさ》した。

「ちぇっ。オレも乗《の》りてーな」

元太《げんた》が不満《ふまん》そうに頭《あたま》の後《うし》ろで腕《うで》を組《く》むと、光彦《みつひこ》は「何《なに》を言《い》ってるんですか」とあきれた顔《かお》をした。

「この間《あいだ》にボクたちは怪《あや》しいヤツがいないかどうか見回《みまわ》りしないと！」

「行《い》きましょ！」

「よしっ！」

歩美《あゆみ》の掛《か》け声《ごえ》で子《こ》どもたちは三方《さんぽう》に散《ち》らばっていき、阿笠博士《あがさはかせ》と灰原《はいばら》がその場《ば》に残《のこ》った。

阿笠博士《あがさはかせ》は坂《さか》を上《のぼ》っていくコースターを見《み》て「はて……」とつぶやいた。

「確《たし》か、毛利君《もうりくん》は高《たか》いところが苦手《にがて》だったんでは……」

「しまった……!!」

自分《じぶん》が高所恐怖症《こうしょきょうふしょう》だと小五郎《こごろう》が気《き》づいたときはもう遅《おそ》かった。頂点《ちょうてん》に上《のぼ》りつめたコースターが一気《いっき》に急降下《きゅうこうか》する。

「きぇ〜〜〜〜〜〜〜!!」

小五郎《こごろう》の絶叫《ぜっきょう》を連《つ》れて落下《らっか》したコースターは、高速《こうそく》でカーブを曲《ま》がり、モンスターが大《おお》きく口《くち》を開《あ》けたトンネルに入《はい》っていった。


アトラクションから出《で》てきた小五郎《こごろう》は、青《あお》ざめた顔《かお》で近《ちか》くのベンチに腰掛《こしか》けた。ミステリーコースターがよほど怖《こわ》かったのか、目《め》をひんむいた小五郎《こごろう》は胸元《むなもと》をつかみ、舌《した》を出《だ》してぜぇぜぇと苦《くる》しそうに呼吸《こきゅう》をした。

「あの……大丈夫《だいじょうぶ》ですか？」

隣《となり》に座《すわ》った蘭《らん》は心配《しんぱい》そうに声《こえ》をかけた。すると、

「蘭《らん》。コーラ飲《の》む？」

蘭《らん》の前《まえ》に立《た》っていた園子《そのこ》が訊《き》いてきた。

「はい」

返事《へんじ》を聞《き》くやいなや、園子《そのこ》は近《ちか》くの自動販売機《じどうはんばいき》に走《はし》っていった。自動販売機《じどうはんばいき》のそばでは、トロピカルランドのマスコットキャラクター『トロッピー』の着《き》ぐるみが子《こ》どもたちに風船《ふうせん》を配《くば》っている。

ようやく落《お》ち着《つ》いた小五郎《こごろう》は冷《ひ》や汗《あせ》を拭《ぬぐ》いながらベンチにもたれた。

「つたく。誰《だれ》だ、あんなモン作《つく》りやがったの！」

回復《かいふく》した小五郎《こごろう》にホッとした蘭《らん》は、ふと右手《みぎて》に見《み》えるトロピカル城《じょう》を振《ふ》り返《かえ》った。すると突然《とつぜん》、左頬《ひだりほお》にヒヤッと冷《つめ》たいものが触《ふ》れた。

ビックリして正面《しょうめん》を見《み》ると——缶《かん》コーラを持《も》った新一《しんいち》が立《た》っていた。

〝ほら、のど渇《かわ》いただろ？〟

あ……と思《おも》った瞬間《しゅんかん》、新一《しんいち》の姿《すがた》は消《き》えて、園子《そのこ》が立《た》っていた。

「はいよ、コーラ」

と持《も》っていた缶《かん》コーラを手渡《てわた》す。

「ありがとう……」

蘭《らん》は受《う》け取《と》った缶《かん》コーラをじっと見《み》つめた。写真《しゃしん》で見《み》た新一《しんいち》の顔《かお》が頭《あたま》に思《おも》い浮《う》かぶ。

（あなたが工藤新一《くどうしんいち》……）

小五郎《こごろう》や園子《そのこ》から、新一《しんいち》の素性《すじょう》は聞《き》いている。幼《おさな》なじみで高校生探偵《こうこうせいたんてい》をやっている、工《く》藤新一《どうしんいち》。ここトロピカルランドに来《き》てから、その姿《すがた》と声《こえ》が何度《なんど》も思《おも》い浮《う》かぶ。

（でも、あなたが誰《だれ》なのかまだ思《おも》い出《だ》せない……）

何《なん》となく缶《かん》コーラを飲《の》む気《き》になれなかった蘭《らん》は、リュックのポケットにしまった。すると、ベンチの前《まえ》に立《た》って周囲《しゅうい》を見張《みは》っていた高木《たかぎ》が小五郎《こごろう》に近《ちか》づいた。

「あのぅ、毛利《もうり》さん。ちょっとトイレ行《い》ってきます」

「おう」

高木《たかぎ》は小走《こばし》りで自販機《じはんき》の隣《となり》にある公衆《こうしゅう》トイレに向《む》かった。自販機《じはんき》のそばで風船《ふうせん》を配《くば》っていたトロッピーは高木《たかぎ》が通《とお》り過《す》ぎると、突然持《とつぜんも》っていた風船《ふうせん》を全部手放《ぜんぶてばな》して、のそのそとベンチに向《む》かって歩《ある》いていった。

うつむいていた蘭《らん》がふと顔《かお》を上《あ》げると、すぐ目《め》の前《まえ》にトロッピーが立《た》っていた。

「蘭《らん》さん！　危《あぶ》ない!!」

園内《えんない》を見回《みまわ》りして戻《もど》ってきた光彦《みつひこ》が叫《さけ》ぶと、トロッピーは逃《に》げ出《だ》した。

「待《ま》てぇ!!」

「こら君《きみ》たち！　よさんか！」

阿笠博士《あがさはかせ》が止《と》める間《ま》もなく、光彦《みつひこ》、歩美《あゆみ》、元太《げんた》はトロッピーを追《お》いかけた。

「逃《に》がしません！」

光彦《みつひこ》は持《も》っていたブーメランをトロッピーに向《む》かって投《な》げた。しかし、ブーメランはトロッピーの横《よこ》を通《とお》り過《す》ぎ、前《まえ》を歩《ある》いていた男《おとこ》の人《ひと》のスポーツバッグに当《あ》たった。

トロッピーは落《お》ちたバッグに足《あし》を引《ひ》っ掛《か》けて転倒《てんとう》した。

「唐辛子《とうがらし》入《い》り水鉄砲《みずでっぽう》！　食《く》らえ!!」

追《お》いついた元太《げんた》がトロッピーの口《くち》を目《め》がけて水鉄砲《みずでっぽう》を放《はな》つ。

「うわーっ!!」

真《ま》っ赤《か》な液体《えきたい》が着《き》ぐるみの中《なか》に入《はい》り、トロッピーが悲鳴《ひめい》を上《あ》げて口《くち》を押《お》さえた。

ひざまずいてゴホゴホと咳《せ》き込《こ》むトロッピーに歩美《あゆみ》が背後《はいご》から近《ちか》づき、その足《あし》にオモチャの手錠《てじょう》をかけた。その隙《すき》に着《き》ぐるみの頭《あたま》を外《はず》した小五郎《こごろう》は、着《き》ぐるみに入《はい》っていた人物《じんぶつ》に目《め》を見張《みは》った。

「お前《まえ》は、友成真《ともなりまこと》……!!」

着《き》ぐるみの頭《あたま》を外《はず》された真《まこと》は、それでもまだゴホゴホと咳《せ》き込《こ》んだ。周《まわ》りには人《ひと》だかりができて、トイレから出《で》てきた高木《たかぎ》が驚《おどろ》いて駆《か》けつけてくる。

「何《なに》を持《も》ってる⁉」

小五郎《こごろう》は着《き》ぐるみのオーバーオールのポケットに何《なに》かが入《はい》っているのに気《き》づいた。

「ナ、ナイフ……!!」

取《と》り上《あ》げると、それは革《かわ》ケースに入《い》れられたサバイバルナイフだった。

「友成真《ともなりまこと》！　殺人未遂《さつじんみすい》の現行犯《げんこうはん》で逮捕《たいほ》する!!」

高木《たかぎ》が真《まこと》の後《うし》ろ手《で》に手錠《てじょう》をかけるのを見《み》て、子《こ》どもたちは「やったぁ！」と喜《よろこ》んだ。

「『蘭姉《らんねえ》ちゃんを守《まも》り隊《たい》』の大勝利《だいしょうり》!!」

子《こ》どもたちがポーズを決《き》めるそばで、手錠《てじょう》をかけられた真《まこと》は何《なに》かを言《い》いたげに口《くち》をパクパク動《うご》かした。しかし、唐辛子入《とうがらしい》りの水《みず》を口《くち》にした真《まこと》はのどが焼《や》けるように痛《いた》くて声《こえ》が出《で》ない。

「毛利《もうり》さん！　このまま本庁《ほんちょう》へ連行《れんこう》します！」

「待《ま》て。俺《おれ》も行《い》く」

小五郎《こごろう》は蘭《らん》の元《もと》へ歩《ある》き出《だ》した。真《まこと》が小五郎《こごろう》を呼《よ》び止《と》めようと必死《ひっし》で話《はな》しかけるが、声《こえ》が出《で》ない。

「もう狙《ねら》われる心配《しんぱい》はないし、俺《おれ》がいない方《ほう》が新一《しんいち》のことを思《おも》い出《だ》しやすいだろ」

「お……お父《とう》――」

『お父《とう》さん』と呼《よ》ぼうとしたけれど、蘭《らん》は声《こえ》が詰《つ》まってしまった。

「いいんだよ。全《すべ》て思《おも》い出《だ》したときにそう呼《よ》んでくれ」

小五郎《こごろう》は笑《え》みを浮《う》かべると、子《こ》どもたちに声《こえ》をかけた。

「探偵団《たんていだん》のおかげで助《たす》かった。今回《こんかい》は大手柄《おおてがら》だったな」

と礼《れい》を言《い》って、高木《たかぎ》の元《もと》へ戻《もど》っていく。

「大手柄《おおてがら》だって……！」

「名探偵《めいたんてい》に……」

「ほめられちゃいましたよぉ……」

小五郎《こごろう》にほめられた子《こ》どもたちは、天《てん》にも昇《のぼ》る心地《ここち》になった。そしてすぐに遊《あそ》びモードに切《き》り替《か》わる。

「よぉし！　これで思《おも》いっきり遊《あそ》べるぜ！」

「わたし、パレードが見《み》たい！」

「夜《よる》までいてもいいですよね、博士《はかせ》！」

光彦《みつひこ》がたずねると、阿笠博士《あがさはかせ》は「そうじゃな」とうなずいた。

「新一《しんいち》と蘭君《らんくん》も夜《よる》までいたんじゃからな」

「やったぁ～!!」

子《こ》どもたちが万歳《ばんざい》して喜《よろこ》ぶ。友成真《ともなりまこと》が捕《つか》まって誰《だれ》もが安堵《あんど》する中《なか》、灰原《はいばら》だけが一人《ひとり》浮《う》かない顔《かお》をしていた。

(これで……本当《ほんとう》に終《お》わったのかしら……)

こんなにあっさり犯人《はんにん》が捕《つか》まるなんて——灰原《はいばら》は心《こころ》のどこかで納得《なっとく》できずにいた。だいたい、犯人《はんにん》を追《お》っているコナンがこの場《ば》にいないのもおかしい気《き》がする。彼《かれ》は一体《いったい》どこへ

——灰原《はいばら》が不審《ふしん》に思《おも》っていると、そばにいた園子《そのこ》が「ねぇ、蘭《らん》」と話《はな》しかけた。

「悪魔《あくま》の実験室《じっけんしつ》、行《い》こ行《い》こ！　楽《たの》しいぞぉ～！」

と悪魔《あくま》の真似《まね》をして怖《こわ》がらせる園子《そのこ》に、蘭《らん》が苦笑《にがわら》いする。

そのそばにできた人《ひと》だかりの後《うし》ろに、ギターケースとバッグを持《も》った小田切敏也《おだぎりとしや》の姿《すがた》があった。蘭《らん》たちの方《ほう》を見《み》てフッと笑《わら》い、屋外《おくがい》ステージのすり鉢状《ばちじょう》になった客席《きゃくせき》の階段《かいだん》を下《お》りていく。

近《ちか》くの柱《はしら》の影《かげ》には仁野環《じんのたまき》が隠《かく》れていた。敏也《としや》の後《うし》ろ姿《すがた》を見下《みお》ろした環《たまき》は静《しず》かに微笑《ほほえ》んだ。

8

日《ひ》が落《お》ちて辺《あた》りが薄暗《うすぐら》くなった頃《ころ》、コナンは東都大学付属病院《とうとだいがくふぞくびょういん》に来《き》ていた。

仁野保《じんのたもつ》について訊《き》きたいことがあると外科《げか》の看護師二人《かんごしふたり》を捕《つか》まえて、中庭《なかにわ》のベンチに並《なら》んで座《すわ》った。

「え？　ボウヤ、あの有名《ゆうめい》な名探偵毛利小五郎《めいたんていもうりこごろう》さんの助手《じょしゅ》なの!?」

コナンがついた嘘《うそ》を真《ま》に受《う》けた看護師《かんごし》たちは目《め》を丸《まる》くした。

「うん」

「え！　ボウヤに協力《きょうりょく》したら、毛利《もうり》さんのサインもらえるかしら!?」

「あー、私《わたし》も！」

「いいよー」

と笑顔《えがお》で引《ひ》き受《う》けたコナンは、心《こころ》の中《なか》でつぶやいた。

（あんなオッチャンのサインなら、いくらでもあげるって）

「仁野先生《じんのせんせい》でしょ？　こう言《い》っちゃなんだけど、嫌《いや》な先生《せんせい》だったわ」

小五郎《こごろう》のサインをもらえると知《し》って気《き》を良《よ》くした看護師《かんごし》たちは、仁野保《じんのたもつ》について自《みずか》ら語《かた》り出《だ》した。

「ホント。お金《かね》に汚《きたな》くて、腕《うで》は全然《ぜんぜん》。手術《しゅじゅつ》ミスで何度《なんど》も問題《もんだい》になったよね」

「ほら、覚《おぼ》えてる？　心臓病《しんぞうびょう》で運《はこ》び込《こ》まれた患者《かんじゃ》さん。あの手術《しゅじゅつ》で一緒《いっしょ》に執刀《しっとう》した先生《せんせい》の腕《うで》を切《き》っちゃって」

「そうそう！　それが原因《げんいん》であの患者《かんじゃ》さん、助《たす》からなかったのよねぇ」

と大《おお》げさに怖《こわ》がって話《はな》す看護師《かんごし》たちに、コナンは「えっ」と驚《おどろ》いた。

「その話《はなし》、もっと詳《くわ》しく教《おし》えて！」

看護師《かんごし》たちに詰《つ》め寄《よ》るコナンを、中庭《なかにわ》に面《めん》した病棟《びょうとう》の窓《まど》から見《み》ている者《もの》がいた。それは小田切敏郎《おだぎりとしろう》だった。窓際《まどぎわ》に置《お》かれた背丈《せたけ》より大《おお》きな観葉植物《かんようしょくぶつ》の陰《かげ》から、険《けわ》しい目《め》つきでコナンたちを見《み》つめていた。

看護師《かんごし》から話《はなし》を聞《き》き終《お》えたコナンは、スケボーを抱《かか》えて病院《びょういん》のロビーに入《はい》り、公衆電話《こうしゅうでんわ》に向《む》かった。

（やっぱりオレの思《おも》ったとおりだ。早《はや》くオッチャンに知《し》らせないと……！）

空《あ》いていた公衆電話《こうしゅうでんわ》の横《よこ》にスケボーを立《た》てかけ、毛利探偵事務所《もうりたんていじむしょ》に電話《でんわ》をかける。

『はい。毛利探偵事務所《もうりたんていじむしょ》です。名探偵《めいたんてい》の毛利小五郎《もうりこごろう》はただいま難事件《なんじけん》の調査《ちょうさ》に……』

数回《すうかい》のコール音《おと》の後《あと》に留守電《るすでん》メッセージが流《なが》れて、コナンは「クソッ」と歯噛《はが》みした。

受話器《じゅわき》をフックに掛《か》けて出《で》てきたテレホンカードを再《ふたた》び差《さ》し込《こ》むと、別《べつ》の番号《ばんごう》を押《お》した。

『はい。妃法律事務所《きさきほうりつじむしょ》です』

電話《でんわ》に出《で》たのは、英理《えり》の秘書《ひしょ》——栗山緑《くりやまみどり》だった。

「コナンです」

『あら、コナン君《くん》』

「妃先生《きさきせんせい》いらっしゃいますか？」

『先生《せんせい》なら先《さき》ほど公判《こうはん》を終《お》えて、トロピカルランドへ向《む》かってるわよ』

「トロピカルランド？」

『なんでも蘭《らん》さんが行《い》ってるらしくて……』

（しまった！）

蘭《らん》は今《いま》、小五郎《こごろう》や英理《えり》と一緒《いっしょ》にトロピカルランドにいるのだ。

コナンは蘭《らん》の命《いのち》を狙《ねら》う犯人《はんにん》を捕《つか》まえようと専念《せんねん》するあまり、蘭《らん》のそばに付《つ》いていなかったことを後悔《こうかい》した。

電話《でんわ》を切《き》るとロビーを飛《と》び出《だ》し、地面《じめん》に置《お》いたスケボーに乗《の》ってターボエンジンのスイッチを足《あし》で押《お》した。鋭《するど》いエンジン音《おん》を上《あ》げて急発進《きゅうはっしん》したスケボーは、白煙《はくえん》を噴《ふ》きながら歩道《ほどう》を駆《か》け抜《ぬ》けた。


夜《よる》になるとトロピカルランド内《ない》のあちこちでライトアップやイルミネーションが施《ほどこ》され、昼間《ひるま》の明《あか》るいイメージとは一変《いっぺん》して幻想的《げんそうてき》な雰囲気《ふんいき》に包《つつ》まれた。

蘭《らん》や子《こ》どもたちは園内《えんない》を駆《か》け回《まわ》り、次々《つぎつぎ》とアトラクションに乗《の》った。フランケンシュタインや吸血鬼《きゅうけつき》、ミイラ男《おとこ》など様々《さまざま》なモンスターが出《で》てくるコースターや、恐竜《きょうりゅう》が炎《ほのお》を吐《は》くアトラクションに乗《の》り、存分《ぞんぶん》に楽《たの》しんでいた。

その頃《ころ》。警視庁《けいしちょう》に連行《れんこう》された友成真《ともなりまこと》は、取調《とりしら》べを受《う》けていた。目暮《めぐれ》と真《まこと》が机《つくえ》をはさんで向《む》き合《あ》って座《すわ》り、その周《まわ》りには高木《たかぎ》、小五郎《こごろう》、千葉《ちば》が立《た》っている。

唐辛子入《とうがらしい》りの水《みず》でのどがやられてしまった真《まこと》は思《おも》うように声《こえ》が出《で》ず、目暮《めぐれ》がミネラルウオーターを飲《の》むように勧《すす》めると、コップに注《そそ》がれた水《みず》を一気《いっき》に飲《の》み干《ほ》した。

「どうだね。しゃべれるようになったかね」

コップを机《つくえ》に置《お》いた真《まこと》は息《いき》をつき、うつむいたままゆっくりと口《くち》を開《ひら》いた。

「……男《おとこ》の声《こえ》で電話《でんわ》があったんです。父親《ちちおや》が死《し》んだ真相《しんそう》を教《おし》えるって。それで、米花町《べいかちょう》の交差点《こうさてん》に行《い》きました。ですが男《おとこ》は現《あらわ》れないで……すぐ近《ちか》くで奈良沢刑事《ならさわけいじ》が撃《う》たれたんです」

その日《ひ》のことが頭《あたま》によみがえり、真《まこと》はギュッと目《め》をつぶった。

「家《いえ》へ戻《もど》ると、再《ふたた》び男《おとこ》の声《こえ》で電話《でんわ》がありました。今度《こんど》は緑台《みどりだい》のメゾン・パークマンションに来《こ》いと……。しかし、やはり男《おとこ》は現《あらわ》れず、そのマンションの地下駐車場《ちかちゅうしゃじょう》で射殺《しゃさつ》された芝《しば》刑事《けいじ》が発見《はっけん》されたんです。僕《ぼく》はやっと気《き》づきました。犯人《はんにん》にはめられたんだと……！」

それにようやく気《き》づいた真《まこと》は、刑事《けいじ》を殺害《さつがい》した犯人《はんにん》は殺害現場《さつがいげんば》に真《まこと》をおびき出《だ》し、真《まこと》を殺人犯《さつじんはん》に仕立《した》てようとしたのだ。パトカーや野次馬《やじうま》が集《あつ》まったマンションの前《まえ》から逃《に》げるように飛《と》び出《だ》した。

「その夜《よる》はビジネスホテルに泊《と》まりました。次《つぎ》の日《ひ》、家《いえ》の留守電《るすでん》にかけてみると、佐藤刑《さとうけい》事《じ》と名乗《なの》る女《おんな》の声《こえ》で、米花《べいか》サンプラザホテルへ来《く》るようにと指示《しじ》が入《はい》っていたんです。来《こ》ないと殺人容疑《さつじんようぎ》で逮捕《たいほ》すると……。ところが行《い》ってみると、警察《けいさつ》の人《ひと》たちが大勢《おおぜい》いて、僕《ぼく》は逃《に》げるように立《た》ち去《さ》りました。でも、そこでは佐藤刑事《さとうけいじ》が……！」

真《まこと》は頭《あたま》を抱《かか》えてうつむいた。

「どうしてすぐ警察《けいさつ》に相談《そうだん》してくれなかったのかね」

目暮《めぐれ》がたずねると、真《まこと》は頭《あたま》を上《あ》げてキッとにらみつけた。

「信用《しんよう》できなかったんですよ！　父親《ちちおや》の一件《いっけん》があって!!」

目暮《めぐれ》は返《かえ》す言葉《ことば》がなかった。父親《ちちおや》は警察《けいさつ》に殺《ころ》されたと思《おも》っている真《まこと》が、警察《けいさつ》に相談《そうだん》するわけがないのだ。真《まこと》は苛立《いらだ》ちを抑《おさ》えるように息《いき》を吐《は》き、目暮《めぐれ》の背後《はいご》に立《た》つ小五郎《こごろう》をチラリと見《み》た。

「それで……名探偵《めいたんてい》の毛利《もうり》さんに助《たす》けてもらおうと思《おも》い、周辺《しゅうへん》をうろついていました」

思《おも》いがけない真《まこと》の言葉《ことば》に、目暮《めぐれ》たちは目《め》を見張《みは》った。

「すると、トロピカルランドでは蘭君《らんくん》に近《ちか》づいたんじゃないのか!?」

「はい。毛利《もうり》さんに声《こえ》をかけようと……」

きょとんとする真《まこと》に、小五郎《こごろう》は「ちょっと待《ま》て！」と指差《ゆびさ》した。

「ナイフ持《も》ってたろ!!」

「護身用《ごしんよう》です。犯人《はんにん》に命《いのち》を狙《ねら》われるかもしれないし」

「お、おい……」

小五郎《こごろう》は呆然《ぼうぜん》とした顔《かお》で真《まこと》を見下《みお》ろした。目暮《めぐれ》もまさか、と目《め》を見開《みひら》く。

「じゃあ、犯人《はんにん》は別《べつ》にいるということか！」

「しかも女《おんな》の共犯者《きょうはんしゃ》が……」

千葉《ちば》が振《ふ》り返《かえ》ると、小五郎《こごろう》は蒼白《そうはく》な顔《かお》で唇《くちびる》をわなわなと震《ふる》わせていた。

「蘭《らん》が……危《あぶ》ない……!!」

スケボーに乗《の》ってトロピカルランドに駆《か》けつけたコナンは、入場口《にゅうじょうぐち》に向《む》かった。夜《よる》になってもなお入場《にゅうじょう》しようとする人《ひと》がたくさんいて、ゲートをくぐったコナンはスケボーを抱《かか》え、ショップやレストランが立《た》ち並《なら》ぶ屋根《やね》付《つ》きの通《とお》りを走《はし》り抜《ぬ》けた。

園内《えんない》ではちょうど夜《よる》のパレードが始《はじ》まったところで、色鮮《いろあざ》やかな電光《でんこう》に彩《いろど》られたフロート車《しゃ》が次々《つぎつぎ》とメインストリートを行進《こうしん》していた。マンモスや恐竜《きょうりゅう》、ロケット、車《くるま》などさまざまな形《かたち》に電飾《でんしょく》が施《ほどこ》され、その周《まわ》りを着《き》ぐるみやダンサーが踊《おど》りながら進《すす》んでいく。夜《よる》のトロピカルランドを色鮮《いろあざ》やかな光《ひかり》で包《つつ》み込《こ》むその幻想的《げんそうてき》な光景《こうけい》に、通路《つうろ》の両側《りょうがわ》に群《むら》がる客《きゃく》たちは見入《みい》っていた。

コナンはキョロキョロと蘭《らん》を捜《さが》しながら、パレードを見《み》ている人《ひと》たちの間《あいだ》を走《はし》った。

蘭《らん》たちもこのパレードを見《み》ているのだろうか。けれど、こんなに大勢《おおぜい》の中《なか》から蘭《らん》を捜《さが》し出《だ》すのは困難《こんなん》だ――。

人混《ひとご》みの中《なか》を抜《ぬ》けたコナンは、『光《ひかり》と霧《きり》のラビリンス』というアトラクションの前《まえ》で立《た》ち止《ど》まった。そびえ立《た》つ大《おお》きな氷山《ひょうざん》をチューブ型《がた》のライドで駆《か》け下《お》りるアトラクションで、頂上《ちょうじょう》は展望台《てんぼうだい》になっている。

(そうだ。ここからなら……!)

コナンは入《い》り口《ぐち》のスタッフに駆《か》け寄《よ》った。

「あの今《いま》、展望台空《てんぼうだいす》いていますか!?」

「ああ。今《いま》、みんなパレードを見《み》てるからね」

「ありがとう!」

ペンギンの着《き》ぐるみ姿《すがた》のスタッフが案内《あんない》するエレベーターで展望台《てんぼうだい》へ上《あ》がると、スタッフが言《い》ったとおり、展望台《てんぼうだい》は数名《すうめい》の客《きゃく》がいるだけだった。

コナンは台《だい》に上《のぼ》って空《あ》いている双眼望遠鏡《そうがんぼうえんきょう》を覗《のぞ》き込《こ》んだ。ここからなら、パレードを見《み》ている人《ひと》たちの顔《かお》がよく見《み》える。

(蘭《らん》。どこだ。どこにいる……!!)

コナンは双眼望遠鏡《そうがんぼうえんきょう》を動《うご》かして、パレードが進《すす》むルートに沿《そ》って並《なら》ぶ人《ひと》たちの中《なか》をくまなく捜《さが》した。すると、パレードを鑑賞《かんしょう》する人《ひと》たちの最前列《さいぜんれつ》に、元太《げんた》、歩美《あゆみ》、光彦《みつひこ》がいた。

(元太《げんた》たち！　アイツら来《き》てたのか！)

阿笠博士《あがさはかせ》に連《つ》れてきてもらったのだろう。だとしたら、近《ちか》くに蘭《らん》がいるはずだ――！

コナンは双眼望遠鏡《そうがんぼうえんきょう》を少《すこ》しずつ動《うご》かして、元太《げんた》たちの周《まわ》りを捜《さが》した。すると、パレードに群《むら》がる人《ひと》だかりの後《うし》ろにある建物《たてもの》の影《かげ》で、身《み》を潜《ひそ》めている黒《くろ》い人物《じんぶつ》を見《み》つけた。その手《て》には拳銃《けんじゅう》らしき物《もの》が握《にぎ》られている。

(ヤツだ!!)

さらに双眼望遠鏡《そうがんぼうえんきょう》を右《みぎ》に動《うご》かすと――人《ひと》だかりの後《うし》ろでパレードを見《み》ている蘭《らん》がいた。そのそばには園子《そのこ》、阿笠博士《あがさはかせ》、灰原《はいばら》もいる。

蘭《らん》から数《すう》メートル離《はな》れた建物《たてもの》の影《かげ》に隠《かく》れている黒《くろ》い人物《じんぶつ》は、今《いま》まさに拳銃《けんじゅう》で蘭《らん》を狙《ねら》おうとしているのだ。

すぐに逃《に》げないと蘭《らん》が危《あぶ》ない。けれど、どうやって知《し》らせれば――。

(そうだ。探偵団《たんていだん》バッジ！)

コナンはズボンのポケットから探偵団《たんていだん》バッジを取《と》り出《だ》して、呼《よ》びかけた。

「元太《げんた》！　光彦《みつひこ》！　歩美《あゆみ》！」

『おい聞《き》こえるか⁉　返事《へんじ》しろ‼』

パレードを見《み》ていた歩美《あゆみ》は、胸《むね》ポケットに入《い》れた探偵《たんてい》バッジからコナンの声《こえ》が聞《き》こえてきて、驚《おどろ》いて探偵《たんてい》バッジを取《と》り出《だ》した。元太《げんた》や光彦《みつひこ》も同《おな》じようにポケットから探偵《たんてい》バッジを取《と》り出《だ》す。

「コナン君《くん》？　聞《き》こえるよ」

「コナン。今《いま》どこにいると思《おも》う？」

「驚《おどろ》いちゃいけませんよ。トロピカルランド……」

光彦《みつひこ》が自慢《じまん》げに言《い》おうとすると、コナンが『おい』と低《ひく》い声《こえ》でさえぎった。

『オメーら、落《お》ち着《つ》いてよく聞《き》け。今《いま》、犯人《はんにん》が拳銃《けんじゅう》で蘭《らん》を狙《ねら》っている』

「ええっ⁉」

子《こ》どもたちはビックリして探偵《たんてい》バッジを落《お》とした。

『とにかく、人《ひと》の多《おお》いところを通《とお》って、このトロピカルランドから抜《ぬ》け出《だ》すように蘭《らん》に……おい！　聞《き》いてるのか!?』

地面《じめん》に落《お》とした探偵《たんてい》バッジからコナンの緊迫《きんぱく》した声《こえ》が聞《き》こえてきたが、子《こ》どもたちはわけがわからなかった。

犯人《はんにん》は高木刑事《たかぎけいじ》たちが捕《つか》まえたはずなのに、どうして……!?

建物《たてもの》の影《かげ》からこっそりと出《で》てきた犯人《はんにん》は、サイレンサー付《つ》きの拳銃《けんじゅう》を数《すう》メートル先《さき》に立《た》つ蘭《らん》に向《む》けた。通路《つうろ》にびっしりと立《た》ち並《なら》ぶ人々《ひとびと》は皆《みな》パレードに夢中《むちゅう》で、誰《だれ》も犯人《はんにん》の方《ほう》を見《み》ていない。

犯人《はんにん》が拳銃《けんじゅう》の引《ひ》き金《がね》を引《ひ》こうとしたとき——子《こ》どもたちが人《ひと》だかりから飛《と》び出《だ》してきた。

「蘭《らん》お姉《ねえ》さん！　逃《に》げて!!」

「拳銃《けんじゅう》が狙《ねら》ってるぞ!!」

蘭《らん》は驚《おどろ》いて子《こ》どもたちの方《ほう》を振《ふ》り返《かえ》った。そばにいた阿笠博士《あがさはかせ》が子《こ》どもたちの背後《はいご》から蘭《らん》を狙《ねら》う拳銃《けんじゅう》に気《き》づく。

「危《あぶ》ない!!」

パシュッ！

小《ちい》さな破裂音《はれつおん》と共《とも》に、蘭《らん》をかばおうと飛《と》び出《だ》した阿笠博士《あがさはかせ》の左肩《ひだりかた》を銃弾《じゅうだん》がかすめた。

「博士《はかせ》！」

左肩《ひだりかた》を押《お》さえながらひざをつく阿笠博士《あがさはかせ》の前《まえ》に、灰原《はいばら》が両腕《りょううで》を広《ひろ》げて守《まも》るように立《た》ちはだかる。

脇《わき》にいた蘭《らん》は呆然《ぼうぜん》と立《た》ち尽《つ》くし、左肩《ひだりかた》を押《お》さえる手《て》に血《ち》がにじむ阿笠博士《あがさはかせ》を見《み》つめた。

わたしをかばったせいで、阿笠博士《あがさはかせ》が撃《う》たれた――。

駅《えき》のホームで突《つ》き落《お》とされたときと同《おな》じだ。あのときも、わたしを助《たす》けようとしたコナン君《くん》は一歩間違《いっぽまちが》えば――。

(わたしのせいで、周《まわ》りの人《ひと》が……!)

「は……離《はな》れるな、蘭君《らんくん》」

その場《ば》にうずくまった阿笠博士《あがさはかせ》は、焼《や》けるように熱《あつ》い左肩《ひだりかた》を押《お》さえながら蘭《らん》に話《はな》しかけた。

「一人《ひとり》になると犯人《はんにん》の思《おも》うツボ……」

と顔《かお》を上《あ》げると、そばにいたはずの蘭《らん》がいなくなっていた。

「蘭君《らんくん》！　蘭君《らんくん》!!」

撃《う》たれた阿笠博士《あがさはかせ》に気《き》を取《と》られていた灰原《はいばら》と園子《そのこ》も慌《あわ》てて周囲《しゅうい》を見回《みまわ》したが、どこにも蘭《らん》の姿《すがた》がなかった。


「くそっ！」

蘭《らん》が一人《ひとり》で走《はし》っていくのを望遠鏡《ぼうえんきょう》で見《み》たコナンは、スケボーを抱《かか》えて階段《かいだん》へ向《む》かった。

（蘭《らん》がいるのは隣《となり》の『夢《ゆめ》とおとぎの島《しま》』……）

コナンがいるのは『怪奇《かいき》と幻想《げんそう》の島《しま》』で、「光《ひかり》と霧《きり》のラビリンス」は『夢《ゆめ》とおとぎの島《しま》』に近《ちか》い端《はし》にある。

（そこへ行《い》くには……！）

階段《かいだん》を駆《か》け下《お》りた先《さき》は、ライド乗《の》り場《ば》だった。二列《にれつ》で並《なら》ぶ人《ひと》たちを追《お》い越《こ》したコナンは、停《と》まっているチューブ型《がた》のライドを飛《と》び越《こ》え、スケボーに乗《の》ってコースを駆《か》け下《お》りた。ボブスレーのコースのように氷《こおり》を張《は》った坂《さか》を滑走《かっそう》するコナンは、先《さき》を走《はし》っていたライドを追《お》い越《こ》し、スピードを上《あ》げてカーブを曲《ま》がった。

（あそこだ！）

カーブの先《さき》に『夢《ゆめ》とおとぎの島《しま》』にあるジェットコースターのレールが見《み》えて、コナンはコースの壁《かべ》を滑《すべ》って縁《ふち》の上《うえ》に乗《の》った。さらに加速《かそく》して縁《ふち》の上《うえ》を滑《すべ》り下《お》り、レールの方向《ほうこう》に出《で》っ張《ぱ》った部分《ぶぶん》から大《おお》きくジャンプした。

勢《いきお》いよく飛《と》び出《だ》したコナンは夜空《よぞら》に大《おお》きく弧《こ》を描《えが》くように落下《らっか》し、レールの上《うえ》に着地《ちゃくち》した。そのままガガ……とレールを滑《すべ》り下《お》り、低《ひく》くなったところで地面《じめん》に飛《と》び下《お》りると、スケボーを抱《かか》えて走《はし》り出《だ》した。

みんなから離《はな》れるように走《はし》り出《だ》した蘭《らん》は、パレードルートから外《はず》れ、建物《たてもの》が軒《のき》を連《つら》ねる通《とお》りを全速力《ぜんそくりょく》で走《はし》った。路地《ろじ》で立《た》ち止《ど》まり、壁《かべ》に背中《せなか》を預《あず》けるようにして息《いき》を切《き》らしながら周囲《しゅうい》を見回《みまわ》す。誰《だれ》かが追《お》ってくるような気配《けはい》はなく、ホッと息《いき》をつこうとしたとき――

突然《とつぜん》、路地裏《ろじうら》から腕《うで》をつかまれて、蘭《らん》はヒッと短《みじか》い悲鳴《ひめい》を上《あ》げた。

「……コナン君《くん》！」

蘭《らん》の腕《うで》をつかんだのは、コナンだった。

「もう大丈夫《だいじょうぶ》だよ。蘭姉《らんねえ》ちゃん。人混《ひとご》みに紛《まぎ》れて外《そと》に出《で》よう！」

コナンが蘭《らん》を連《つ》れて歩《ある》き出《だ》そうとしたとき——パシュッ！　短《みじか》い破裂音《はれつおん》と共《とも》に、コナンの背後《はいご》を歩《ある》いていた親子連《おやこづ》れの風船《ふうせん》が割《わ》れた。犯人《はんにん》が銃《じゅう》を撃《う》ってきたのだ。

「こっち！」

コナンは蘭《らん》の腕《うで》を引《ひ》っ張《ぱ》って路地裏《ろじうら》を走《はし》った。

(クソォ！　蘭《らん》を殺《ころ》せば誰《だれ》がどうなってもいいってワケか……!!)

路地裏《ろじうら》を抜《ぬ》けたコナンたちは橋《はし》を通《とお》り、『野生《やせい》と太古《たいこ》の島《しま》』に来《き》た。ここは島全体《しまぜんたい》に川《かわ》が流《なが》れていて、ジャングルに生息《せいそく》する恐竜《きょうりゅう》を見《み》ながらボートで一周《いっしゅう》するアトラクションがある。

「助《たす》けて！　変《へん》な人《ひと》が!!」

コナンは走《はし》りながら叫《さけ》び、アトラクション乗《の》り場《ば》に向《む》かった。

「ボートに飛《と》び乗《の》れ！」

乗《の》り場《ば》に停《と》まっていたボートに飛《と》び乗《の》り、コナンはすばやくエンジンを始動《しどう》させた。

「君《きみ》たち！」

スタッフが慌《あわ》てて止《と》めようとしたときには、すでにボートは白波《しらなみ》を立《た》てて跳《と》ぶように進《すす》んでいた。

猛《もう》スピードで進《すす》むコナンたちのボートは、客《きゃく》を乗《の》せて優雅《ゆうが》に進《すす》む遊覧《ゆうらん》ボートを追《お》い越《こ》し、カーブもスピードを緩《ゆる》めることなく突《つ》き進《すす》んでいった。その巧《たく》みなハンドルさばきに、操《そう》縦席《じゅうせき》の隣《となり》で手《て》すりにつかまっていた蘭《らん》は目《め》を丸《まる》くした。

「コナン君《くん》！　一体《いったい》どこで操縦《そうじゅう》を……!?」

「ハワイで親父《おやじ》に教《おそ》わったんだ」

「え!?」

蘭《らん》は耳《みみ》を疑《うたが》った。こんな小《ちい》さな子《こ》が父親《ちちおや》にボートの操縦《そうじゅう》を教《おそ》わった……？　しかもハワイでなんて――一体《いったい》この子《こ》は何者《なにもの》なんだろう。

川《かわ》を進《すす》むと正面《しょうめん》に岩壁《がんぺき》が立《た》ちはだかり、川筋《かわすじ》が二手《ふたて》に分《わ》かれていた。コナンは左側《ひだりがわ》を選《えら》んで突《つ》き進《すす》んだ。スピードを緩《ゆる》めずひたすらボートを走《はし》らせるコナンに、蘭《らん》は「ねぇ！」と声《こえ》をかけた。

「もう大丈夫《だいじょうぶ》なんじゃない!?」

後《うし》ろを振《ふ》り返《かえ》っても、追《お》ってくるボートは見《み》えない。

「いや」

コナンはハンドルを握《にぎ》り締《し》めたままチラリと右側《みぎがわ》を見《み》た。すると、岩山《いわやま》の向《む》こうからボートが飛《と》び出《だ》してきた。犯人《はんにん》がボートに乗《の》って追《お》いかけてきたのだ。

犯人《はんにん》はスピードを上《あ》げ、コナンたちのボートと横並《よこなら》びになった。左目《ひだりめ》に暗視《あんし》ゴーグルを付《つ》けた犯人《はんにん》は、ボートを操縦《そうじゅう》しながら蘭《らん》に銃《じゅう》を向《む》けた。

パシュッ！　パシュッ！

銃弾《じゅうだん》がコナンたちのボートの側面《そくめん》に次々《つぎつぎ》と突《つ》き刺《さ》さり、蘭《らん》は悲鳴《ひめい》を上《あ》げて頭《あたま》を抱《かか》えた。

銃弾《じゅうだん》の一《ひと》つが蘭《らん》のリュックに命中《めいちゅう》し、中《なか》に入《はい》っていた缶《かん》コーラに穴《あな》が開《あ》いて液体《えきたい》が吹《ふ》き出《だ》す。

「コーラが……！」

蘭《らん》の声《こえ》を聞《き》いて操縦《そうじゅう》していたコナンが横《よこ》を向《む》くと、リュックから吹《ふ》きこぼれたコーラが目《め》の前《まえ》を吹《ふ》き流《なが》れていた。

(コーラ……!!)

それを見《み》て何《なに》かをひらめいたコナンは、スピードを上《あ》げて洞窟《どうくつ》の中《なか》へ入《はい》っていった。犯《はん》人《にん》も後《あと》を追《お》う。

コナンはハンドルを左手《ひだりて》で握《にぎ》りながら、ズボンのポケットから腕時計《うでどけい》を取《と》り出《だ》した。

(9時《じ》20分前《ぷんまえ》……!)

洞窟《どうくつ》を抜《ぬ》け出《で》ると、犯人《はんにん》は後《うし》ろから再《ふたた》び銃《じゅう》を撃《う》ってきた。コナンは執拗《しつよう》に追《お》う犯人《はんにん》のボートから逃《のが》れるようにスピードを上《あ》げ、再《ふたた》び二手《ふたて》に分《わ》かれた川《かわ》を右側《みぎがわ》に曲《ま》がった。カーブの先《さき》を見《み》た蘭《らん》がハッと目《め》を見開《みひら》く。川《かわ》が途切《とぎ》れて滝《たき》になっているのだ。

「コナン君《くん》! 滝《たき》!!」

蘭《らん》はとっさに手《て》すりをつかんだ。勢《いきお》いよく飛《と》び出《だ》したボートは落下《らっか》して、数十《すうじゅう》メートル下《した》の海《うみ》に着水《ちゃくすい》し、大《おお》きな白波《しらなみ》を立《た》てながら『冒険《ぼうけん》と開拓《かいたく》の島《しま》』の小島《こじま》へ向《む》かった。岸壁《がんぺき》に

「つかまれ!!」

ボートを横付《よこづ》けして小島《こじま》に上《あ》がると、滝《たき》から落下《らっか》した犯人《はんにん》のボートがこっちに向《む》かってくるのが見《み》えた。

「急《いそ》ごう！」

コナンは人気《ひとけ》のない歩道《ほどう》を走《はし》り、島《しま》の中心《ちゅうしん》にそびえ立《た》つ人工《じんこう》の岩山《いわやま》に向《む》かった。

本物《ほんもの》そっくりに作《つく》られた巨大《きょだい》な岩山《いわやま》にはらせん状《じょう》に上《のぼ》る階段道《かいだんみち》があり、コナンと蘭《らん》は階《かい》段《だん》を駆《か》け上《のぼ》った。

あと少《すこ》しで頂上《ちょうじょう》というところで蘭《らん》は立《た》ち止《ど》まり、岩壁《がんぺき》にもたれて苦《くる》しそうに息《いき》をついた。

「もう少《すこ》しだから頑張《がんば》って！」

「う、うん……」

蘭《らん》が歩《ある》き出《だ》そうとしたとき――銃弾《じゅうだん》が突《つ》き刺《さ》さる乾《かわ》いた音《おと》がして、蘭《らん》の頭《あたま》のそばの岩壁《がんぺき》の破片《はへん》が飛《と》び散《ち》った。暗《くら》くてよく見《み》えないが、追《お》いついてきた犯人《はんにん》が銃《じゅう》を撃《う》ったのだ。

「クソッ！　もう追《お》いついてきやがった。とにかく上《のぼ》り切《き》って岩陰《いわかげ》に隠《かく》れるんだ。急《いそ》いで！」

コナンと蘭《らん》は頂上《ちょうじょう》に駆《か》け上《あ》がり、階段《かいだん》の両脇《りょうわき》にある岩陰《いわかげ》にそれぞれ身《み》を潜《ひそ》めた。

二人《ふたり》を追《お》いかけて階段《かいだん》を駆《か》け上《のぼ》った犯人《はんにん》は、曲《ま》がり角《かど》の手前《てまえ》で足《あし》を止《と》めて、岩陰《いわかげ》から頂上《ちょうじょう》を覗《のぞ》いた。

すると、満月《まんげつ》が浮《う》かぶ夜空《よぞら》の下《した》で、頂上《ちょうじょう》の岩《いわ》を登《のぼ》ったコナンが姿《すがた》を現《あらわ》した。

「コナン君《くん》！」

別《べつ》の岩陰《いわかげ》に隠《かく》れていた蘭《らん》が驚《おどろ》いて声《こえ》を上《あ》げる。

岩《いわ》の上《うえ》に立《た》ったコナンは右手《みぎて》をポケットに突《つ》っ込《こ》み、悠然《ゆうぜん》と犯人《はんにん》が隠《かく》れている岩《いわ》を見下《みお》ろした。

「ここ、夜《よる》はクローズで誰《だれ》もいないんだ。姿《すがた》を見《み》せても大丈夫《だいじょうぶ》だよ」

コナンが声《こえ》をかけても、犯人《はんにん》は岩陰《いわかげ》から出《で》てこようとしなかった。

「ずいぶん用心深《ようじんぶか》いんだな。でももう隠《かく》れたって無駄《むだ》さ。奈良沢刑事《ならさわけいじ》のメッセージの本当《ほんとう》の意味《いみ》がわかったからね」

コナンの脳裏《のうり》に、公衆電話《こうしゅうでんわ》ボックスの前《まえ》で撃《う》たれた奈良沢刑事《ならさわけいじ》の姿《すがた》が浮《う》かんだ。雨《あめ》が降《ふ》りしきる中《なか》、仰向《あおむ》けで倒《たお》れた奈良沢刑事《ならさわけいじ》は駆《か》け寄《よ》ってきたコナンを見《み》て、何《なに》かを訴《うった》えるように自分《じぶん》の左胸《ひだりむね》をつかんだのだ。

「彼《かれ》が死《し》に際《ぎわ》に左胸《ひだりむね》をつかんだのは、警察手帳《けいさつてちょう》を示《しめ》したんじゃない。『心《こころ》』を指《さ》したんだ。心療科《しんりょうか》の文字《もじ》の一《ひと》つの『心《こころ》』をね。——そうだろ。風戸京介先生《かざときょうすけせんせい》」

コナンの口《くち》から思《おも》いもよらない名前《なまえ》が出《で》てきて、蘭《らん》は息《いき》をのんだ。するとコツコツと階《かい》段《だん》を上《のぼ》る音《おと》がして、蘭《らん》は岩陰《いわかげ》から顔《かお》をそっと出《だ》して階段《かいだん》を覗《のぞ》き込《こ》んだ。

階段《かいだん》を上《のぼ》ってきたのは、暗視《あんし》ゴーグルをつけた風戸京介《かざときょうすけ》だった。カーゴパンツの裾《すそ》を編《あ》み上《あ》げブーツに入《い》れ、ミリタリーベストを着《き》た風戸《かざと》は、白衣姿《はくいすがた》のときとはまるで別人《べつじん》のようだった。

「いつ私《わたし》だとわかった?」

「最初《さいしょ》におや?　って思《おも》ったのは、電話《でんわ》のことを思《おも》い出《だ》したときさ」

コナンは病院《びょういん》で蘭《らん》のＭＲＩ《エムアールアイ》検査《けんさ》の結果《けっか》を聞《き》いたときのことを思《おも》い浮《う》かべた。あのとき、電話《でんわ》がかかってきて、中座《ちゅうざ》した風戸《かざと》は別《べつ》のところに電話《でんわ》をかけたが、左手《ひだりて》で子機《こき》のボタンを押《お》していたのだ。

「右利《みぎき》きの人間《にんげん》は、まず左手《ひだりて》でボタンを押《お》さない。——そう。アンタの利《き》き腕《うで》は左《ひだり》だったたんだ」

「なるほど。そいつはうかつだった」

言《い》い当《あ》てられても風戸《かざと》は顔色《かおいろ》を変《か》えることなく、余裕《よゆう》の笑《え》みを浮《う》かべた。コナンは続《つづ》けて東都大学付属病院《とうとだいがくふぞくびょういん》の看護師《かんごし》から聞《き》いたことを話《はな》し始《はじ》めた。

「七年前《ななねんまえ》。アンタは東都大学付属病院《とうとだいがくふぞくびょういん》で、若手《わかて》ナンバーワンの外科医《げかい》として活躍《かつやく》していた。ところがあるとき、アンタと仁野《じんの》さんが共同《きょうどう》で執刀《しっとう》した手術《しゅじゅつ》で、仁野《じんの》さんは誤《あやま》ってアンタの左手首《ひだりてくび》をメスで切《き》ってしまった。その事故《じこ》によって黄金《おうごん》の左腕《ひだりうで》と言《い》われたアンタの腕《うで》は落《お》ちてしまい、プライドの高《たか》いアンタはメスを捨《す》て、外科《げか》から心療科《しんりょうか》へ転向《てんこう》することにした。以来《いらい》、これもプライドのためか、左手《ひだりて》を封《ふう》じ、右利《みぎき》きとして過《す》ごしてきたんだろう？」

風戸《かざと》は「そのとおりだ」と両手《りょうて》を広《ひろ》げた。

「まさか電話《でんわ》のボタンを押《お》しただけで気《き》づかれるとは思《おも》わなかったよ」

「心療科医師《しんりょうかいし》として米花薬師野病院《べいかやくしのびょういん》に移《うつ》ったアンタに、一年前《いちねんまえ》、仁野《じんの》さんとの間《あいだ》に何《なに》かがあった……」

コナンが問《と》いかけるように言《い》うと、風戸《かざと》は「再会《さいかい》したんだよ。偶然《ぐうぜん》にな」と答《こた》えた。

「誘《さそ》われるままヤツのマンションで飲《の》んだ。酔《よ》った私《わたし》は、六年間《ろくねんかん》ずっと心《こころ》の隅《すみ》で感《かん》じていた疑問《ぎもん》をヤツにぶつけた。あの事故《じこ》はわざとだったんじゃないかと」

風戸《かざと》は当日《とうじつ》の夜《よる》のことを思《おも》い浮《う》かべた。

リビングの一角《いっかく》のバーカウンターで酒《さけ》に酔《よ》った仁野《じんの》は、風戸《かざと》がたずねるといきなりハハハ……と笑《わら》い出《だ》した。そして不敵《ふてき》に口《くち》の端《はし》を持《も》ち上《あ》げて言《い》い放《はな》ったのだ。

『お人《ひと》よしなんだよ。お前《まえ》は』と——。

「やはりあの事故《じこ》はわざとだった。そのときだ。私《わたし》に殺意《さつい》が芽生《めば》えたのは。ヤツはちょうど手術《しゅじゅつ》ミスで訴《うった》えられていて、自殺《じさつ》の動機《どうき》は充分《じゅうぶん》だった」

そのままカウンターにひじをついて眠《ねむ》ってしまった仁野《じんの》を確認《かくにん》して、風戸《かざと》は仁野《じんの》の書斎《しょさい》に向《む》かった。手術用手袋《しゅじゅつようてぶくろ》をはめ、置《お》いてあった仁野《じんの》のカバンから手術用《しゅじゅつよう》のメスを取《と》り出《だ》すとリビングに戻《もど》り、仁野《じんの》の背後《はいご》から羽《は》交《が》い絞《し》めにして頸動脈《けいどうみゃく》を切《き》ったのだ。

「案《あん》の定《じょう》、捜査《そうさ》は自殺《じさつ》ということで終結《しゅうけつ》したよ」

風戸《かざと》の言葉《ことば》に、コナンは「だが」と口《くち》を開《ひら》いた。

「アンタはその事件《じけん》が再捜査《さいそうさ》されることを知《し》ったはずだ」

「米花署《べいかしょ》に異動《いどう》になった奈良沢刑事《ならさわけいじ》からね。彼《かれ》は同僚《どうりょう》の友成警部《ともなりけいぶ》が亡《な》くなったことに精神《せいしん》的《てき》ショックを受《う》け、カウンセリングに来《き》たんだ。治療《ちりょう》を通《つう》じて、友成真《ともなりまこと》が警察《けいさつ》を恨《うら》んでいることも知《し》った」

「それで再捜査《さいそうさ》により警察《けいさつ》の手《て》が自分《じぶん》に及《およ》ぶ前《まえ》に三人《さんにん》の刑事《けいじ》を撃《う》ったのか。友成真《ともなりまこと》さんに罪《つみ》を着《き》せるため、現場《げんば》に呼《よ》び寄《よ》せて……」

風戸《かざと》は「そうだ」と声《こえ》を張《は》り上《あ》げた。

「奈良沢刑事《ならさわけいじ》と芝刑事《しばけいじ》のときは自分《じぶん》の声《こえ》で電話《でんわ》をかけた。佐藤刑事《さとうけいじ》のときは──」

「女性患者《じょせいかんじゃ》を診察《しんさつ》した際《さい》に録音《ろくおん》したテープを編集《へんしゅう》して、だろ？」

そのとおり、と風戸《かざと》は笑《え》みを浮《う》かべた。

「奈良沢刑事《ならさわけいじ》が胸《むね》の手帳《てちょう》をつかんで亡《な》くなっていたことは、白鳥警部《しらとりけいぶ》から聞《き》いたんだな」

コナンは風戸《かざと》に質問《しつもん》を投《な》げかけながら、さりげなく左手《ひだりて》を背中《せなか》に回《まわ》し、人差《ひとさ》し指《ゆび》で足元《あしもと》を指《さ》した。

何《なん》だろう──岩陰《いわかげ》に隠《かく》れていた蘭《らん》はそのサインに気《き》づき、コナンが乗《の》っている岩《いわ》の下《した》を見《み》た。

風戸《かざと》は両手《りょうて》を広《ひろ》げ、「私《わたし》は彼《かれ》の主治医《しゅじい》だからね」と答《こた》えた。

「それでアンタは刑事《けいじ》の息子《むすこ》である友成真《ともなりまこと》さんを連想《れんそう》させるため、倒《たお》れている芝刑事《しばけいじ》の手《て》にわざわざ警察手帳《けいさつてちょう》を持《も》たせた」

「見事《みごと》だよ、コナン君《くん》」

次《つぎ》から次《つぎ》へと自分《じぶん》の企《たくら》みを見抜《みぬ》かれても、風戸《かざと》はいたって余裕《よゆう》の態度《たいど》を見《み》せた。

「だが、私《わたし》が犯人《はんにん》だという証拠《しょうこ》はないよ。佐藤刑事《さとうけいじ》が撃《う》たれたとき、私《わたし》からは硝煙反応《しょうえんはんのう》は出《で》なかったんだからね」

風戸《かざと》が全《まった》く動《どう》じていない理由《りゆう》は、それだった。どれだけコナンに言《い》い当《あ》てられても、証《しょう》拠《こ》がないのだ。

そのとき、岩陰《いわかげ》に隠《かく》れていた蘭《らん》が出《で》てきて、コナンの後《うし》ろに付《つ》いた。蘭《らん》の気配《けはい》に気《き》づいたコナンは、前《まえ》を向《む》いたまま唇《くちびる》に笑《え》みを浮《う》かべた。

「そのトリック、訊《き》きたいんなら説明《せつめい》してあげるよ」

「何《なに》!?」

「アンタが警察《けいさつ》に捕《つか》まった後《あと》でな」

突然《とつぜん》、蘭《らん》が姿《すがた》を消《け》したかと思《おも》うと、コナンも岩《いわ》の後《うし》ろに飛《と》びおりた。風戸《かざと》が階段《かいだん》を駆《か》け上《あ》がると、コナンが乗《の》っていた岩《いわ》の後《うし》ろには大《おお》きな穴《あな》が開《あ》いていた。チューブ式《しき》の滑《すべ》り台《だい》になっていたのだ。

穴《あな》を覗《のぞ》いた風戸《かざと》は、忌々《いまいま》しそうに舌打《したう》ちした。

9

「こっちだ！」

岩山《いわやま》の中《なか》を透明《とうめい》のチューブで一気《いっき》に下《した》までおりたコナンは、出口《でぐち》ではなく『関係者以外《かんけいしゃいがい》立入禁止《たちいりきんし》』と書《か》かれた洞窟《どうくつ》のような通路《つうろ》へ向《む》かった。

「その出口《でぐち》はヤツが待《ま》ち伏《ぶ》せしてる！」

張《は》られたロープをくぐり、二《ふた》つに分《わ》かれていた道《みち》の左側《ひだりがわ》を進《すす》んだ。まっすぐに伸《の》びた薄暗《うすぐら》い通路《つうろ》をひたすら走《はし》ると、やがて階段《かいだん》に突《つ》き当《あ》たり、コナンと蘭《らん》は階段《かいだん》を駆《か》け上《あ》がっていった。

曲《ま》がりくねった階段《かいだん》を上《のぼ》りつめたところに出口《でぐち》が見《み》えた。

「ここは……」

出口《でぐち》を抜《ぬ》けて岩山《いわやま》の中腹《ちゅうふく》らしき場所《ばしょ》に出《で》た蘭《らん》は足《あし》を止《と》めた。海《うみ》の向《む》こうにさっきいた岩《いわ》山《やま》が見《み》える。

「『冒険《ぼうけん》と開拓《かいたく》の島《しま》』の本島《ほんとう》だよ。あの小島《こじま》から海《うみ》の下《した》をくぐってきたんだ」

「そうなの……」

コナンと蘭《らん》が立《た》っているのは、火山《かざん》に見立《みた》てたアトラクションだった。山頂《さんちょう》の火口《かこう》から炎《ほのお》と煙《けむり》が噴《ふ》き出《だ》し、山頂《さんちょう》から流《なが》れる川《かわ》は赤《あか》くライトアップされてまるでマグマが流《なが》れているようだった。その川《かわ》をときおり無人《むじん》の円形《えんけい》ボートが流《なが》れていく。

「行《い》こう！」

コナンが走《はし》り出《だ》して、蘭《らん》も後《あと》を追《お》った。

すると、甲高《かんだか》い音《おと》と共《とも》にコナンの足元《あしもと》と蘭《らん》の頭《あたま》の近《ちか》くで火花《ひばな》が散《ち》った。銃弾《じゅうだん》だ。二人《ふたり》はとっさにそばの岩陰《いわかげ》に隠《かく》れた。

「まだ話《はなし》の途中《とちゅう》だったな」

コナンが岩陰《いわかげ》から覗《のぞ》くと、銃《じゅう》を構《かま》えた風戸《かざと》が坂《さか》を上《のぼ》って来《き》た。ボートで追《お》ってきたのだ。

風戸《かざと》は岩《いわ》の手前《てまえ》で足《あし》を止《と》め、コナンたちが隠《かく》れた岩《いわ》に銃《じゅう》を向《む》けた。

「困《こま》るんだよ。君《きみ》にあのトリックを解《と》かれちゃあ。私《わたし》も佐藤刑事《さとうけいじ》を撃《う》った容疑者《ようぎしゃ》の一人《ひとり》になってしまうからね」

コナンは岩陰《いわかげ》に座《すわ》り込《こ》んだ蘭《らん》にじっとしているように手《て》で合図《あいず》すると、ズボンのポケットから腕時計《うでどけい》を取《と》り出《だ》した。――8時《じ》54分《ふん》。

「もし蘭《らん》の目撃証言《もくげきしょうげん》があっても、硝煙反応《しょうえんはんのう》が出《で》なければとぼけられるってワケか？」

「そういうことだ」

風戸《かざと》は軽《かる》く目《め》を閉《と》じると、口《くち》の端《はし》を持《も》ち上《あ》げた。

「蘭君《らんくん》に見《み》られたのは一瞬《いっしゅん》だからね。だが、危険《きけん》な芽《め》は摘《つ》んでおこうってワケさ。――さあ聞《き》こうか。君《きみ》の推理《すいり》が合《あ》ってるかどうか」

「いいとも」

コナンは冷《ひ》ややかに微笑《ほほえ》んだ。

「まずアンタは、ホテルの15階《かい》を停電《ていでん》にした後《あと》、手術用《しゅじゅつよう》の手袋《てぶくろ》をはめ、傘立《かさた》てにあらかじめ用意《ようい》した傘《かさ》を持《も》ち、女子《じょし》トイレに行《い》った。その傘《かさ》の先端《せんたん》には前《まえ》もって穴《あな》を開《あ》けておき、そこから銃《じゅう》を突《つ》き出《だ》して撃《う》ったんだ」

事件後《じけんご》、コナンが再《ふたた》びホテルに行《い》って置《お》き忘《わす》れの傘《かさ》を開《ひら》くと、先端《せんたん》に穴《あな》が開《あ》いていた。

それを見《み》たとき、コナンは傘《かさ》を使《つか》ったトリックがわかったのだ。

「つまり、傘《かさ》が火薬《かやく》の粉《こな》と煙《けむり》からアンタを守《まも》ったってワケさ。だからあのとき、アンタから は硝煙反応《しょうえんはんのう》が出《で》なかったんだ。手袋《てぶくろ》はおそらく男子《だんし》トイレから流《なが》したんだろう」

「正解《せいかい》だよ、コナン君《くん》」

風戸《かざと》はニヤリと片頬《かたほお》を持《も》ち上《あ》げた。

「やはり死《し》んでもらうしかないようだ」

岩陰《いわかげ》に隠《かく》れたコナンはクッと下唇《したくちびる》を噛《か》んだ。

このままでは二人《ふたり》とも撃《う》たれてしまう……！

「コナン君《くん》……」

蘭《らん》が不安《ふあん》げにつぶやくと、コナンは風戸《かざと》の方《ほう》を見《み》ながら蘭《らん》の肩《かた》に手《て》を回《まわ》し、自分《じぶん》の後《うし》ろに隠《かく》れるよう引《ひ》き寄《よ》せた。

風戸《かざと》は一歩一歩《いっぽいっぽ》ゆっくりと近《ちか》づいてきた。空《から》になった弾倉《だんそう》を拳銃《けんじゅう》から抜《ぬ》き、新《あら》たな弾倉《だんそう》を装填《そうてん》する。

どうすればいい――コナンは必死《ひっし》に考《かんが》えた。逃《に》げるところがない。ここから飛《と》び出《だ》したところで、風戸《かざと》にすぐ撃《う》たれてしまう……！

そのとき、コナンの耳《みみ》に川《かわ》の流《なが》れる音《おと》が聞《き》こえてきた。

コナンたちが隠《かく》れている岩《いわ》のすぐそばの数《すう》メートル下《した》を川《かわ》が流《なが》れているのだ。無人《むじん》の円《えん》形《けい》ボートが流《なが》れてくるのが見《み》える。

あれだ――コナンが思《おも》いついたとき、蘭《らん》が「ねぇ」と声《こえ》をかけてきた。

「……どうして？」

「え？」

「どうして君《きみ》はこんなにわたしのことを守《まも》ってくれるの？」

こんな非常時《ひじょうじ》に訊《き》くべきことではないけれど、蘭《らん》は訊《き》かずにはいられなかった。ずっと疑問《ぎもん》に思《おも》っていたことだ。駅《えき》のホームで電車《でんしゃ》にひかれそうになったときといい、今回《こんかい》といい、この男《おとこ》の子《こ》はどうしてわたしのことを命《いのち》がけで守《まも》ろうとしてくれるのか――。

「ねぇ、どうして……」

蘭《らん》が再《ふたた》びたずねると、コナンはフッと微笑《ほほえ》んだ。そして蘭《らん》の手《て》をつかんで走《はし》り出《だ》す。

「好《す》きだからだよ！」

「え……」

思《おも》いがけない答《こた》えに、蘭《らん》は目《め》を見張《みは》った。

「オメーのことが好《す》きだからだよ。この地球上《ちきゅうじょう》の誰《だれ》よりも……!!」

振《ふ》り返《かえ》ったコナンの顔《かお》が、工藤新一《くどうしんいち》の顔《かお》と重《かさ》なった。小学生《しょうがくせい》っぽくない言葉遣《ことばづか》いのせいか、まるで新一《しんいち》に言《い》われているような錯覚《さっかく》に陥《おちい》る――。

「跳《と》ぶぞ！」

風戸《かざと》が撃《う》った銃弾《じゅうだん》が足元《あしもと》で跳《は》ねると同時《どうじ》に、コナンと蘭《らん》は川《かわ》に飛《と》び下《お》りた。タイミングよく流《なが》れてきた円形《えんけい》ボートに着地《ちゃくち》する。

「息《いき》を目一杯《めいっぱい》吸《す》って！　早《はや》く!!」

風戸《かざと》がボートに向《む》かって銃《じゅう》を撃《う》ってきて、コナンは蘭《らん》を連《つ》れて川《かわ》の中《なか》に飛《と》び込《こ》んだ。そしてすばやくボートの下《した》に潜《もぐ》り込《こ》み、銃弾《じゅうだん》をかわす。

川《かわ》を下《くだ》るボートはやがて洞窟《どうくつ》の中《なか》へ入《はい》っていき、二人《ふたり》は「プハッ！」と水面《すいめん》から顔《かお》を出《だ》した。

「……ありがと」

蘭《らん》がボートにつかまりながらニッコリと微笑《ほほえ》む。

「おませさん♡」

さっきの告白《こくはく》のことだと気《き》づいたコナンは、ハハ……と苦笑《にがわら》いした。

小学生《しょうがくせい》の男《おとこ》の子《こ》に好《す》きだと言《い》われたところで、高校生《こうこうせい》の蘭《らん》が本気《ほんき》にするわけないか――。

ボートが洞窟《どうくつ》に入《はい》り、銃《じゅう》で狙《ねら》えなくなった風戸《かざと》は「クソッ！」と悔《くや》しそうに拳銃《けんじゅう》を下《お》ろすと、坂《さか》の方《ほう》へ走《はし》り出《だ》した。


ボートを降《お》りた二人《ふたり》は橋《はし》を渡《わた》り、隣《となり》の『科学《かがく》と宇宙《うちゅう》の島《しま》』に入《はい》った。ライトアップされた観覧車《かんらんしゃ》やジェットコースターを横切《よこぎ》り、島《しま》の先端《せんたん》にある噴水広場《ふんすいひろば》へと向《む》かう。

広場《ひろば》へと下《くだ》る階段《かいだん》を駆《か》け下《お》りながら、コナンはズボンのポケットから腕時計《うでどけい》を取《と》り出《だ》し、ツマミを押《お》してデジタル時計《どけい》を表示《ひょうじ》させた。

8時《じ》59分《ふん》14秒《びょう》。

（46秒前《びょうまえ》――）

そのとき、腕時計《うでどけい》の文字盤《もじばん》を覆《おお》うガラスに走《はし》ってくる風戸《かざと》の姿《すがた》が映《うつ》った。

「ヤツだ！」

コナンは蘭《らん》の腕《うで》を引《ひ》っ張《ぱ》った。階段《かいだん》を駆《か》け下《お》りる二人《ふたり》の足元《あしもと》に銃弾《じゅうだん》が突《つ》き刺《さ》さる。階段《かいだん》を下《お》りた二人《ふたり》は左《ひだり》に曲《ま》がり、水《みず》が流《なが》れ落《お》ちる壁《かべ》に身《み》を寄《よ》せた。

「ここで終《お》わりにしようじゃないか、コナン君《くん》」

銃《じゅう》を持《も》った風戸《かざと》は階段《かいだん》の前《まえ》で立《た》ち止《ど》まった。

「それにもう君《きみ》たちには逃《に》げ場《ば》がない」

そう言《い》うと、ゆっくりと階段《かいだん》を下《お》りてくる。

コナンは蘭《らん》の腕《うで》を引《ひ》っ張《ぱ》って噴水広場《ふんすいひろば》の中央《ちゅうおう》へ駆《か》け出《だ》した。

パシュッ。

風戸《かざと》が放《はな》った銃弾《じゅうだん》がコナンの左腕《ひだりうで》をかすめて、コナンは前《まえ》のめりに倒《たお》れた。

「コナン君《くん》！」

「……大丈夫《だいじょうぶ》……腕《うで》をかすめただけだから……！」

左腕《ひだりうで》を押《お》さえながらうずくまるコナンを、階段《かいだん》を下《お》りてきた風戸《かざと》があざ笑《わら》った。

「言《い》ったろ？　もう逃《に》げ場《ば》はないって」

蘭《らん》は風戸《かざと》を振《ふ》り返《かえ》りながら、コナンをかばうように背後《はいご》から支《ささ》えた。コナンも痛《いた》みに耐《た》えながら風戸《かざと》を振《ふ》り返《かえ》る。

「今《いま》ここで蘭《らん》を殺《ころ》すと、友成真《ともなりまこと》さんの無実《むじつ》が証明《しょうめい》されてしまうんじゃないのか？」

「そうなんだよ」

風戸《かざと》は暗視《あんし》ゴーグルを外《はず》すと、広場《ひろば》の中心《ちゅうしん》にいるコナンたちに近《ちか》づいてきた。

「友成《ともなり》は逮捕前《たいほまえ》に消《け》すつもりだったが、仕方《しかた》がない。――さて。やはりここはレディファーストかな」

コナンたちの前《まえ》で立《た》ち止《ど》まった風戸《かざと》は、銃口《じゅうこう》を蘭《らん》に向《む》けた。すると突然《とつぜん》、コナンは前《まえ》を向《む》いて、カウントダウンを始《はじ》めた。

「10、9、8、7……」

突拍子《とっぴょうし》もない行動《こうどう》に風戸《かざと》は一瞬驚《いっしゅんおどろ》いたが、フッと鼻《はな》で笑《わら》った。

「何《なに》かのまじないか？」

「6、5、4……」

コナンは無視《むし》してカウントダウンを続《つづ》けた。

その声《こえ》を聞《き》いた蘭《らん》の脳裏《のうり》に、新一《しんいち》の姿《すがた》が浮《う》かんだ。コナンと同《おな》じように、腕時計《うでどけい》を見《み》ながらカウントダウンする新一《しんいち》が――。

「3、2……」

気《き》づくと、蘭《らん》もコナンと一緒《いっしょ》にカウントダウンしていた。コナンが風戸《かざと》を振《ふ》り返《かえ》り、ニヤリと笑《わら》う。

「1――！」

ザアアアアア。

カウントダウンが終《お》わると同時《どうじ》に、広場《ひろば》を囲《かこ》む噴水《ふんすい》から水《みず》が高《たか》く吹《ふ》き出《だ》した。

「!?」

驚《おどろ》いた風戸《かざと》が背後《はいご》を振《ふ》り返《かえ》ったとたん――風戸《かざと》とコナンたちを隔《へだ》てるように石畳《いしだたみ》からも水《みず》が吹《ふ》き上《あ》がり、広場《ひろば》の中心《ちゅうしん》にいるコナンと蘭《らん》は水《みず》のカーテンに囲《かこ》まれた。

吹《ふ》き出《だ》す水《みず》の外側《そとがわ》に立《た》つ風戸《かざと》は姿《すがた》が隠《かく》れ、銃《じゅう》を握《にぎ》る手《て》だけが水《みず》のカーテンから突《つ》き出《で》ている。

「あ……！」

それを見《み》た瞬間《しゅんかん》――蘭《らん》の脳裏《のうり》に、佐藤刑事《さとうけいじ》が撃《う》たれたときのことがよみがえった。

『ダメッ！　蘭《らん》さん!!』

目《め》の前《まえ》に飛《と》び出《だ》した佐藤刑事《さとうけいじ》が撃《う》たれ、身《み》をくねらせるようにして倒《たお》れた先《さき》に、拳銃《けんじゅう》を持《も》つ手《て》があった。その手《て》はビニール傘《がさ》から突《つ》き出《だ》されていて、ビニール傘《がさ》の向《む》こうにいる人物《じんぶつ》が懐中電灯《かいちゅうでんとう》の光《ひかり》で一瞬《いっしゅん》浮《う》かび上《あ》がる。

それは凶悪《きょうあく》な顔《かお》をした風戸《かざと》だった――。

佐藤刑事《さとうけいじ》を撃《う》った犯人《はんにん》の顔《かお》を思《おも》い出《だ》したとたん、蘭《らん》の頭《あたま》の中《なか》で何《なに》かがはじけて、失《うしな》われた記憶《きおく》の断片《だんぺん》が次々《つぎつぎ》と現《あらわ》れて駆《か》け巡《めぐ》った。

＊

『ほら、のど渇《かわ》いただろ？』

トロピカル城《じょう》の展望台《てんぼうだい》で、缶《かん》コーラを蘭《らん》の頬《ほお》に当《あ》てた新一《しんいち》。

『3、2、1！』

噴水広場《ふんすいひろば》でカウントダウンをする新一《しんいち》。

＊

米花《べいか》サンプラザホテルの宴会場《えんかいじょう》で大笑《おおわら》いするコナン。

＊

ビャックシン!!　と豪快《ごうかい》なくしゃみをする小五郎《こごろう》。

＊

『でも何《なに》か忘《わす》れちゃったから……』

プロポーズの言葉《ことば》を訊《き》かれて恥《は》ずかしそうに微笑《ほほえ》む英理《えり》。

＊

『ああ、もし新一《しんいち》にそんなことを言《い》われたら……』

うっとりした顔《かお》で両手《りょうて》を合《あ》わせ、蘭《らん》の心《こころ》の声《こえ》を表現《ひょうげん》する園子《そのこ》。

頭《あたま》の中《なか》でみんなの声《こえ》が交差《こうさ》して、新一《しんいち》、コナン、小五郎《こごろう》、英理《えり》の姿《すがた》が次々《つぎつぎ》と鮮《あざ》やかに浮《う》かび上《あ》がる。

時間《じかん》にしたらほんの数秒《すうびょう》の間《あいだ》だったが、蘭《らん》は記憶《きおく》を完全《かんぜん》に取《と》り戻《もど》した。

「くっ！」

風戸《かざと》は銃《じゅう》を持《も》つ手《て》を噴水《ふんすい》から引《ひ》き抜《ぬ》くと、背丈《せたけ》の倍《ばい》ほどある噴水《ふんすい》の周《まわ》りをゆっくりと歩《ある》き出《だ》した。

「噴水《ふんすい》が止《と》まればもう終《お》わりだ！　もうあきらめるんだな!!」

噴水《ふんすい》の中《なか》にいるコナンたちに向《む》かって叫《さけ》ぶ。

コナンは呆然《ぼうぜん》と立《た》っている蘭《らん》のリュックからコーラの缶《かん》を取《と》り出《だ》した。

「ボクから離《はな》れて！」

やがて噴水《ふんすい》は徐々《じょじょ》に低《ひく》くなってきた。じきに二人《ふたり》の姿《すがた》も現《あらわ》れる――風戸《かざと》は低《ひく》く笑《わら》いながら、銃《じゅう》を噴水《ふんすい》に向《む》けた。

するとそのとき、噴水《ふんすい》の中心《ちゅうしん》からコーラの缶《かん》が高《たか》く上《あ》がった。

「子《こ》どもだましだ！」

風戸《かざと》はコーラの缶《かん》に向《む》かって銃《じゅう》を撃《う》った。さらに低《ひく》くなった噴水《ふんすい》にも撃《う》ち込《こ》む。

コナンの足元《あしもと》に銃弾《じゅうだん》が突《つ》き刺《さ》さった。

「そこか！」

風戸《かざと》の位置《いち》を見破《みやぶ》ったコナンは、キック力増強《りょくぞうきょう》シューズの側面《そくめん》についているダイヤルをすばやく回《まわ》した。右足《みぎあし》のシューズに電気《でんき》と磁力《じりょく》を帯《お》びてスパークが走《はし》る。

「あ……！」

低《ひく》くなった噴水《ふんすい》からついに風戸《かざと》の顔《かお》が現《あらわ》れて、蘭《らん》は短《みじか》い悲鳴《ひめい》を上《あ》げた。蘭《らん》とコナンの位置《いち》を確認《かくにん》した風戸《かざと》が銃《じゅう》を構《かま》える。

「死《し》ねぇ――――!!」

風戸《かざと》が引《ひ》き金《がね》を引《ひ》く直前《ちょくぜん》――コナンは落《お》ちてきた缶《かん》コーラを思《おも》い切《き》り蹴《け》り上《あ》げた。

「食《く》らえ――――!!」

風戸《かざと》の顔面《がんめん》に缶《かん》コーラが直撃《ちょくげき》して、豪快《ごうかい》に後《うし》ろに吹《ふ》っ飛《と》んだ。倒《たお》れて動《うご》かない風戸《かざと》を見《み》て、コナンはフゥ……と息《いき》をつき、風戸《かざと》の手元《てもと》に転《ころ》がった拳銃《けんじゅう》を蹴飛《けと》ばす。

ホッとした表情《ひょうじょう》を浮《う》かべた蘭《らん》が歩《ある》いてきた。

「コナン君《くん》……」

その親《した》しみのある声《こえ》に、コナンはハッとした。

記憶《きおく》をなくしてからの、よそよそしい口調《くちょう》じゃない。それにどこかぼんやりとしていた表情《ひょうじょう》も、生気《せいき》を含《ふく》んだように見《み》える。

(蘭《らん》、もしかして……)

記憶《きおく》が戻《もど》ったのか——コナンが思《おも》いかけたとき、ふいに後《うし》ろで動《うご》く気配《けはい》がした。振《ふ》り返《かえ》った瞬間《しゅんかん》、起《お》き上《あ》がった風戸《かざと》に思《おも》い切《き》り顔《かお》をはたかれ、メガネが吹《ふ》っ飛《と》んだ。

風戸《かざと》は倒《たお》れたコナンを地面《じめん》に押《お》さえつけ、腰《こし》のサバイバルナイフを抜《ぬ》いて振《ふ》りかざした。

「クソォ！　貴様《きさま》から片付《かたづ》けてやる!!」

ナイフがコナンを目《め》がけて振《ふ》り下《お》ろされようとしたとき、何《なに》かが目《め》にも留《と》まらぬ速《はや》さで風戸《かざと》の前《まえ》を横切《よこぎ》った。

カキィン！　と甲高《かんだか》い音《おと》が鳴《な》って、折《お》れたナイフの先《さき》が地面《じめん》に転《ころ》がる。風戸《かざと》の目《め》の前《まえ》には、左足《ひだりあし》を振《ふ》り抜《ぬ》いた蘭《らん》が片足《かたあし》で立《た》っていた。蘭《らん》の蹴《け》りがナイフを折《お》ったのだ。

「ウ、ウソォ……」

風戸《かざと》は先《さき》の折《お》れたナイフを見《み》て青《あお》ざめた。

「何《なに》もかも思《おも》い出《だ》したわ」

左足《ひだりあし》を下《お》ろして空手《からて》の構《かま》えをした蘭《らん》は、完全《かんぜん》に生気《せいき》がみなぎった顔《かお》で風戸《かざと》をにらみつけていた。

「あなたが佐藤刑事《さとうけいじ》を撃《う》ったことも。わたしが空手《からて》の都大会《とたいかい》で優勝《ゆうしょう》したこともね！」

「空手《からて》……優勝《ゆうしょう》……!?」

蘭《らん》はすばやく風戸《かざと》に詰《つ》め寄《よ》り、拳《こぶし》を何度《なんど》も風戸《かざと》の腹《はら》に叩《たた》き込《こ》んだ。風戸《かざと》が耐《た》え切《き》れず腹《はら》を押《お》さえてうずくまろうとすると、そのあごに蹴《け》りを入《い》れ、後《うし》ろに跳《は》ね上《あ》がったところでジャンプして強烈《きょうれつ》な回《まわ》し蹴《げ》りを放《はな》った。宙《ちゅう》に浮《う》いた風戸《かざと》の体《からだ》が地面《じめん》に落下《らっか》して、転《ころ》げ回《まわ》る。

着地《ちゃくち》した蘭《らん》は胸《むね》の前《まえ》で交差《こうさ》した腕《うで》を左右《さゆう》に引《ひ》きながら、ハァーッと息《いき》を吐《は》いた。

（ス、スゲェ……）

吹《ふ》っ飛《と》んでいったメガネを掛《か》け直《なお》したコナンは、記憶《きおく》を取《と》り戻《もど》して完全復活《かんぜんふっかつ》した蘭《らん》の姿《すがた》を目《ま》の当《あ》たりにして、改《あらた》めて恐《おそ》れ入《い》った。

数台《すうだい》のパトカーが噴水広場《ふんすいひろば》の前《まえ》に停《と》まり、車《くるま》の中《なか》から小五郎《こごろう》、英理《えり》、園子《そのこ》、阿笠博士《あがさはかせ》や子《こ》どもたち、そして小田切《おだぎり》が続々《ぞくぞく》と出《で》てきた。

「蘭《らん》——ッ！」「蘭《らん》！」

小五郎《こごろう》と英理《えり》はまっさきに階段《かいだん》を下《お》りて、噴水広場《ふんすいひろば》にいる蘭《らん》の元《もと》へ駆《か》けつけた。

「お母《かあ》さん。お父《とう》さん」

二人《ふたり》に向《む》ける蘭《らん》の表情《ひょうじょう》と声《こえ》がぐっと穏《おだ》やかになっていて、小五郎《こごろう》と英理《えり》は目《め》を見張《みは》った。

「お、お前《まえ》……」

「記憶《きおく》が戻《もど》ったのね！」

蘭《らん》はニッコリと微笑《ほほえ》んだ。その親《した》しみのある笑顔《えがお》は、まさに記憶《きおく》を失《うしな》う前《まえ》の蘭《らん》だった。

「じゃ、じゃあ、わたしのことも……？」

園子《そのこ》が自分《じぶん》を指差《ゆびさ》しながらおそるおそるたずねると、蘭《らん》は「もちろん」と園子《そのこ》に近《ちか》づいて微笑《ほほえ》んだ。

「鈴木園子《すずきそのこ》。わたしの一生《いっしょう》の友《とも》だちよ！」

「蘭《らん》……」

みるみるうちに園子《そのこ》の目《め》に大粒《おおつぶ》の涙《なみだ》がわき上《あ》がり、蘭《らん》に抱《だ》きついて泣《な》き崩《くず》れた。

「らぁん――！　よかったぁ―――!!」

抱《だ》き合《あ》う二人《ふたり》からやや離《はな》れたところでは、高木《たかぎ》が倒《たお》れた風戸《かざと》の体《からだ》を起《お》こして後《うし》ろ手《で》に手《て》錠《じょう》をかけた。

「やっぱりコイツが犯人《はんにん》だったのか」

手錠《てじょう》をかけられた風戸《かざと》を見《み》た小五郎《こごろう》は、コナンや蘭《らん》たちの方《ほう》を振《ふ》り返《かえ》った。

「小田切警視長《おだぎりけいしちょう》が自《みずか》ら再捜査《さいそうさ》されて、俺《おれ》たちに知《し》らせてくれたんだ」

そうだったのか――コナンは環《たまき》と小田切《おだぎり》の自宅《じたく》を訪《たず》ねたときのことを思《おも》い出《だ》した。あのとき、彼《かれ》が言《い》っていたとおり、小田切《おだぎり》は自《みずか》らの手《て》で真実《しんじつ》を明《あき》らかにしたのだ。

「ズルイぞぉ、コナン！　勝手《かって》に捕《つか》まえやがって！」

その声《こえ》に振《ふ》り返《かえ》ると、元太《げんた》がムッとした様子《ようす》で腕組《うでぐ》みをしていた。その隣《となり》では光彦《みつひこ》と歩《あゆ》美《み》も憎《にく》らしそうにコナンをにらみつけている。

子《こ》どもたちの後《うし》ろには三角巾《さんかくきん》で腕《うで》を吊《つ》られた阿笠博士《あがさはかせ》が立《た》っていた。

「何《なに》を言《い》っとる。コナン君《くん》は君《きみ》たちを巻《ま》き添《ぞ》えにしたくなくて……」

「それが水《みず》くさいんですよ！」

「わたしたち、同《おな》じ少年探偵団《しょうねんたんていだん》なのに！」

口《くち》をとがらせる光彦《みつひこ》と歩美《あゆみ》に、コナンは「ワリィ、ワリィ」と謝《あやま》った。

すると、コナンの顔《かお》を見《み》た歩美《あゆみ》が「あれ？」と近《ちか》づいてきた。

「コナン君《くん》、血《ち》が出《で》てるよ」

「え？　ああ……」

コナンは自分《じぶん》の左頬《ひだりほお》に触《ふ》れた。風戸《かざと》にメガネを吹《ふ》っ飛《と》ばされたときにできた傷《きず》だ。

「はい」

とハンカチを差《さ》し出《だ》したのは灰原《はいばら》だった。

「よかったわね。とりあえずは」

「……あ、ああ」

コナンは受《う》け取《と》ったハンカチで頬《ほお》の血《ち》を拭《ふ》いた。すると、

「お手柄《てがら》だったわね。名探偵《めいたんてい》さん」

と背後《はいご》から声《こえ》をかけられた。驚《おどろ》いて振《ふ》り返《かえ》ると、環《たまき》が立《た》っていた。

「環《たまき》さん！　何《なん》でここに!?」

「今日《きょう》ここでライブをやっていた敏也《としや》を見張《みは》りに来《き》たのよ。まぁ、無駄《むだ》だったけどね」

環《たまき》は手《て》のひらを上《うえ》に向《む》けてウインクした。

行《い》くところがあると言《い》ってカフェから急《いそ》いで出《で》ていったのは、いつものように敏也《としや》を見《み》張《は》るためだったのだ。けれどそれも風戸《かざと》が捕《つか》まって敏也《としや》の疑《うたが》いが晴《は》れたから、今日《きょう》で終《お》わりだろう。

真犯人《しんはんにん》が捕《つか》まり、蘭《らん》の記憶《きおく》も戻《もど》った——全《すべ》てが解決《かいけつ》してホッとした英理《えり》は「それにしても」とあきれた顔《かお》で小五郎《こごろう》を見《み》た。

「何《なに》が『俺《おれ》が命《いのち》をかけても蘭《らん》を守《まも》る』よ。命《いのち》をかけて守《まも》ってくれたのは、コナン君《くん》と阿笠《あがさ》博士《はかせ》じゃない」

図星《ずぼし》を指《さ》された小五郎《こごろう》は「あ……いやぁ……」とばつが悪《わる》そうに眉《まゆ》の上《うえ》をかき、

「あー、とにかく！　無事《ぶじ》でよかった！」

ガハハハ！　と笑《わら》ってごまかした。

手錠《てじょう》をかけられて千葉《ちば》と高木《たかぎ》に連行《れんこう》される風戸《かざと》のそばでは、白鳥警部《しらとりけいぶ》がパトカーの無線《むせん》で本庁《ほんちょう》と連絡《れんらく》を取《と》っていた。

「本当《ほんとう》か!? それは！」

白鳥《しらとり》の顔《かお》が一変《いっぺん》して明《あか》るくなり、「みんな！」と警察官《けいさつかん》たちを振《ふ》り返《かえ》った。

「佐藤《さとう》さんの意識《いしき》が戻《もど》ったぞ！ もう心配《しんぱい》はないそうだ!!」

「おぉ！ そうか！」

目暮《めぐれ》の周《まわ》りで、警察官《けいさつかん》たちが「やったー！」と帽子《ぼうし》を真上《まうえ》に投《な》げた。肩《かた》を抱《だ》き合《あ》ったり、拳《こぶし》を突《つ》き上《あ》げたり、中《なか》には泣《な》いて喜《よろこ》んでいる者《もの》もいる。

「佐藤《さとう》さん……！」

高木《たかぎ》も涙《なみだ》を流《なが》して喜《よろこ》んでいると、千葉《ちば》が「やりましたね！ 高木《たかぎ》さん！」と肩《かた》をつかんだ。記憶《きおく》を取《と》り戻《もど》した蘭《らん》も「よかった……！」と心《こころ》から喜《よろこ》ぶ。

「これで全《すべ》て解決《かいけつ》ですね」

目暮《めぐれ》が小田切《おだぎり》を振《ふ》り返《かえ》ると、

「馬鹿《ばか》を言《い》っちゃいかん！」

小田切《おだぎり》はパトカーの後部座席《こうぶざせき》に乗《の》っている敏也《としや》を見《み》た。

「まだ敏也《としや》の恐喝事件《きょうかつじけん》が残《のこ》っている。被害者《ひがいしゃ》はすでに死亡《しぼう》しているが、事実関係《じじつかんけい》をただしてこってりしぼってくれ！」

「わかりました！」

敬礼《けいれい》する目暮《めぐれ》の前《まえ》を横切《よこぎ》った小田切《おだぎり》は、コナンに近《ちか》づいていった。

「先《さき》に真実《しんじつ》を明《あき》らかにしたのは、どうやら君《きみ》のようだったな」

警察《けいさつ》よりも早《はや》く真実《しんじつ》にたどり着《つ》き、目撃者《もくげきしゃ》である蘭《らん》を真犯人《しんはんにん》から守《まも》り抜《ぬ》いたのは、目《め》の前《まえ》にいる小学生《しょうがくせい》の男《おとこ》の子《こ》だった。そのずば抜《ぬ》けた推理力《すいりりょく》と行動力《こうどうりょく》は、とても小学生《しょうがくせい》とは思《おも》えない——。

「君《きみ》は一体《いったい》……」

小田切《おだぎり》が思《おも》わず口《くち》に出《だ》すと、コナンは大人《おとな》びた表情《ひょうじょう》で微笑《ほほえ》んだ。

「Ｎｅｅｄ《ニード》 ｎｏｔ《ノット》 ｔｏ《トゥ》 ｋｎｏｗ《ノウ》」

『知《し》る必要《ひつよう》のないこと』——刑事《けいじ》たちの間《あいだ》で使《つか》われている隠語《いんご》を口《くち》にしたコナンは、ニッコリと笑《わら》った。

「ボクはただの小学生《しょうがくせい》だよ」

その屈託《くったく》のない笑顔《えがお》に、小田切《おだぎり》はフッと小《ちい》さく微笑《ほほえ》み、敬礼《けいれい》をした。そしてクルリと踵《きびす》を返《かえ》して、パトカーの方《ほう》へと歩《ある》いていった。

10

その夜《よる》。

風呂《ふろ》から上《あ》がったコナンがリビングに行《い》くと、パジャマ姿《すがた》の蘭《らん》が座卓《ざたく》の前《まえ》に座《すわ》っていた。

「ありがとう、コナン君《くん》」

いきなり礼《れい》を言《い》われたコナンは、目《め》をパチクリさせた。

「あのとき、わたしの記憶《きおく》を取《と》り戻《もど》そうとして、あんなこと言《い》ったんでしょ？」

「え？」

「ホテルで聞《き》いてたんだよね？　お父《とう》さんがお母《かあ》さんに言《い》ったプロポーズの言葉《ことば》。『お前《まえ》のことが好《す》きなんだよ。この地球上《ちきゅうじょう》の誰《だれ》よりも』って。それでわざと同《おな》じ言葉《ことば》を……」

「え⁉　おじさんも……⁉」

コナンは驚《おどろ》いて声《こえ》を張《は》り上《あ》げた。

ホテルで小五郎《こごろう》のプロポーズ話《ばなし》をしていたなんて、初耳《はつみみ》だ。

「え？　違《ちが》うの？」

「あ、いや……そ、そうだよ」

コナンが首《くび》に掛《か》けたタオルの端《はし》をつかみながら答《こた》えると、蘭《らん》は「だと思《おも》った」と笑《わら》った。

「だって、わたしとコナン君《くん》じゃ歳《とし》が違《ちが》いすぎるもんね」

「あ……」

そんなことない。オレたちは同《おな》い年《どし》だ、とコナンは心《こころ》の中《なか》で思《おも》った。だが、言《い》えるわけない。今《いま》、蘭《らん》の前《まえ》にいるのは『江戸川《えどがわ》コナン』で、『工藤新一《くどうしんいち》』ではない。好《す》きだと言《い》ったのも、蘭《らん》はコナンだと思《おも》っているのだ。

「でも嬉《うれ》しかった。おやすみ」

蘭《らん》はニッコリ笑《わら》ってそう言《い》うと、自分《じぶん》の部屋《へや》へと入《はい》っていった。

「……おやすみなさい」

コナンは複雑《ふくざつ》な気分《きぶん》で、蘭《らん》の後《うし》ろ姿《すがた》に向《む》かってつぶやいた。蘭《らん》の部屋《へや》のドアが閉《し》まると、フゥ……と息《いき》をつく。

「ま、いっか……」

あれこれ考《かんが》えても仕方《しかた》がない。蘭《らん》は勘違《かんちが》いしているけれどそのままにしておこう——そう思《おも》いながら小五郎《こごろう》の部屋《へや》に向《む》かったコナンは「待《ま》てよ」と足《あし》を止《と》めた。

「ってことは……オレはあのオッチャンと同《おな》じ発想《はっそう》だってことか……!?」

ガーハッハッハ…と下品《げひん》に笑《わら》う小五郎《こごろう》の姿《すがた》が思《おも》い浮《う》かんで、コナンはガクリと肩《かた》を落《お》とした。

★小学館ジュニア文庫★ ワクワク、ドキドキがいっぱいのラインナップ

〈話題の映画&アニメノベライズシリーズ〉

アイドル×戦士 ミラクルちゅーんず！
あさひなぐ
兄に愛されすぎて困ってます
一礼して、キス
海街diary
映画くまのがっこう パティシエ・ジャッキーとおひさまのスイーツ
映画プリパラ み～んなのあこがれ♪ レッツゴー☆プリパリ
映画妖怪ウォッチ 空飛ぶクジラとダブル世界の大冒険だニャン！
映画妖怪ウォッチ シャドウサイド 鬼王の復活

おまかせ！みらくるキャット団 ～マミタス、みらくるするのナ～～

怪盗グルーのミニオン大脱走

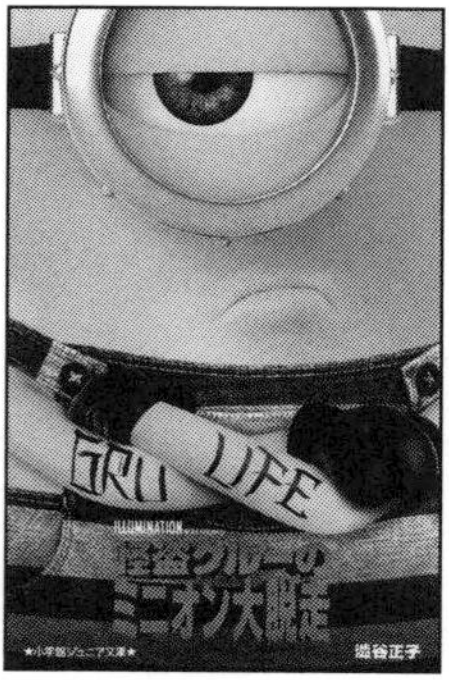

怪盗ジョーカー 開幕！怪盗ダーツの挑戦!!
怪盗ジョーカー 追憶のダイヤモンド・メモリー
怪盗ジョーカー 闇夜の対決！ジョーカーvsシャドウ
怪盗ジョーカー 銀のマントが燃える夜
怪盗ジョーカー ハチの記憶を取り戻せ！
怪盗ジョーカー 解決！世界怪盗ゲームへようこそ!!
境界のRINNE 謎のクラスメート
境界のRINNE 友だちからで良ければ
境界のRINNE ようこそ地獄へ！
くちびるに歌を
劇場版アイカツ！
劇場版ポケットモンスター キミにきめた！

心が叫びたがってるんだ。

貞子vs伽椰子
真田十勇士
ザ・マミー 呪われた砂漠の王女
SING シング
シンドバッド 空とぶ姫と秘密の島
シンドバッド 真昼の夜とふしぎの門
呪怨―ザ・ファイナル―
呪怨―終わりの始まり―

次はどれにする？ おもしろくて楽しい新刊が、続々登場!!

スナックワールド

8年越しの花嫁 奇跡の実話

未成年だけどコドモじゃない

トムとジェリー シャーロック ホームズ

NASA超常ファイル ～地球外生命からの挑戦状～

二度めの夏、二度と会えない君

バットマンVSスーパーマン エピソード0 クロスファイヤー

ペット

ポケモン・ザ・ムービーXY 破壊の繭とディアンシー

ポケモン・ザ・ムービーXY 光輪の超魔神フーパ

ポケモン・ザ・ムービーXY&Z ボルケニオンと機巧のマギアナ

ポッピンQ

まじっく快斗1412 全6巻

ミニオンズ

〈この人の人生に感動！ 人物伝〉

井伊直虎 ～民を守った女城主～

西郷隆盛 敗者のために戦った英雄

杉原千畝

ルイ・ブライユ 暗闇に光を灯した十五歳の点字発明者

★小学館ジュニア文庫★ ワクワク、ドキドキがいっぱいのラインナップ

〈ジュニア文庫でしか読めないオリジナル〉

いじめ　14歳のMessage
お悩み解決！　ズバッと同盟　長女VS妹、仁義なき戦い!?
お悩み解決！　ズバッと同盟　おしゃれコーデ、対決!?
緒崎さん家の妖怪事件簿
緒崎さん家の妖怪事件簿　桃×団子パニック！
緒崎さん家の妖怪事件簿　狐×迷子パレード！
華麗なる探偵アリス&ペンギン
華麗なる探偵アリス&ペンギン　ワンダー・チェンジ！
華麗なる探偵アリス&ペンギン　ミラー・ラビリンス
華麗なる探偵アリス&ペンギン　サマー・トレジャー
華麗なる探偵アリス&ペンギン　トラブル・ハロウィン
華麗なる探偵アリス&ペンギン　ペンギン・パニック！
華麗なる探偵アリス&ペンギン　ミステリアス・ナイト
華麗なる探偵アリス&ペンギン　アリスVS.ホームズ
華麗なる探偵アリス&ペンギン　アラビアン・デート
華麗なる探偵アリス&ペンギン　パーティ・パーティ

きんかつ！
きんかつ！　恋する妖怪と舞姫の秘密
ギルティゲーム
ギルティゲーム　stage2　無限駅からの脱出
ギルティゲーム　stage3　ベルセポネー号の悲劇
ギルティゲーム　stage4　ギロンパ帝国へようこそ！

銀色☆フェアリーテイル　①あたしだけが知らない街
銀色☆フェアリーテイル　②きみだけに贈る歌
銀色☆フェアリーテイル　③夢、それぞれの未来
ぐらん×ぐらんぱ！　スマホジャック
ぐらん×ぐらんぱ！　スマホジャック　～恋の一騎打ち～
12歳の約束

白魔女リンと3悪魔
白魔女リンと3悪魔　フリージング・タイム
白魔女リンと3悪魔　レイニー・シネマ
白魔女リンと3悪魔　スター・フェスティバル
白魔女リンと3悪魔　ダークサイド・マジック
白魔女リンと3悪魔　フルムーン・パニック
白魔女リンと3悪魔　エターナル・ローズ
天才発明家ニコ&キャット
天才発明家ニコ&キャット　キャット、月に立つ！
謎解きはディナーのあとで
のぞみ、出発進行!!
バリキュン!!
ホルンペッター
さくら×ドロップ　レシピ1：チーズハンバーグ
ちえり×ドロップ　レシピ1：マカロニグラタン
みさと×ドロップ　レシピ1：チェリーパイ

ミラチェンタイム☆ミラクルらみぃ

メデタシエンド。～ミッションはおとぎ話のお姫さま……のメイド役!?～

メデタシエンド。～ミッションはおとぎ話の赤ずきん……の猟師役!?～

もしも私が【星月ヒカリ】だったら。

ゆめ☆かわ ここあのコスメボックス

夢は牛のお医者さん

螺旋のプリンセス

〈思わずうるうる…感動ストーリー〉

きみの声を聞かせて　猫たちのものがたり―まぐ・ミクロ・まる―

こむぎといつまでも―余命宣告を乗り越えた奇跡の猫ものがたり―

世界からボクが消えたなら　映画「世界から猫が消えたなら」キャベツの物語

世界から猫が消えたなら

世界の中心で、愛をさけぶ

天国の犬ものがたり～ずっと一緒～

天国の犬ものがたり～わすれないで～

天国の犬ものがたり～未来～

天国の犬ものがたり～夢のバトン～

天国の犬ものがたり～ありがとう～

天国の犬ものがたり～天使の名前～

天国の犬ものがたり～僕の魔法～

動物たちのお医者さん

わさびちゃんとひまわりの季節

次はどれにする？　おもしろくて楽しい新刊が、続々登場!!

Shogakukan Junior Bunko

★小学館ジュニア文庫★
名探偵コナン　瞳の中の暗殺者

2018年 1 月29日　初版第 1 刷発行

著者／水稀しま
原作／青山剛昌
脚本／古内一成

発行者／立川義剛
編集人／吉田憲生
編集／伊藤 澄

発行所／株式会社　小学館
〒101-8001　東京都千代田区一ツ橋２－３－１
電話　編集　03-3230-5105
販売　03-5281-3555

印刷・製本／中央精版印刷株式会社

カバーデザイン／石沢将人＋ベイブリッジ・スタジオ

口絵構成／内野智子

Printed in Japan　　ISBN 978-4-09-231209-8